青春的荣耀·90后先锋作家二十佳作品精选

高长梅　尹利华◎主编

拔尖计划
进清华

韩雨 著

九州出版社
JIUZHOUPRESS　全国百佳图书出版单位

图书在版编目（CIP）数据

拔尖计划进清华 / 韩雨著. -- 北京：九州出版社，2013.6
（2021.7 重印）

（青春的荣耀：90后先锋作家二十佳作品精选 / 高长梅，尹利华主编）

ISBN 978-7-5108-2135-6

Ⅰ.①拔… Ⅱ.①韩… Ⅲ.①短篇小说 – 小说集 – 中国 – 当代②散文集 – 中国 – 当代 Ⅳ.①I217.2

中国版本图书馆CIP数据核字（2013）第113416号

拔尖计划进清华

作　者	韩 雨 著
出版发行	九州出版社
地　址	北京市西城区阜外大街甲35 号（100037）
发行电话	（010）68992190/2/3/5/6
网　址	www.jiuzhoupress.com
电子信箱	jiuzhou@jiuzhoupress.com
印　刷	北京一鑫印务有限责任公司
开　本	720 毫米 × 1000 毫米　16 开
印　张	10
字　数	130 千字
版　次	2013 年 6 月第 1 版
印　次	2021 年 7 月第 5 次印刷
书　号	ISBN 978-7-5108-2135-6
定　价	38.00 元

小荷已露尖尖角（代序）

高长梅

　　长江后浪推前浪，是自然规律，也是文学发展的期待。

　　80后作家曾风光无限——韩寒、郭敬明、张悦然等大批80后作家已成为中国当代文学的生力军，他们全新的写作方式、独特的语言叙述，受到了青少年读者的追捧。

　　几年前，随着90后一代的成长，他们在文学上的探索也逐渐进入人们的视野。

　　2006年，《新课程报·语文导刊》（校园作家版）创办时，我在学校调研，中学生纷纷表示，希望报社多关注90后作者，多培养90后作家。那年年底，我在南昌参加中国小说学会小小说年度排行榜评选时，与学会领导和专家聊起90后作者的事，副会长兼秘书长汤吉夫教授对我说：看现在的小说创作，80后势头很猛，起点也高，正成为我国小说创作的生力军，越来越受到文学评论界的重视。你有阵地，就要多给现在的90后机会，文学的天下必定是属于新一代的。副会长、著名散文家、文学评论家雷达博导，副会长、著名文学评论家李星编审都高兴地表示，今后会逐渐关注这些90后的孩子，还表示可以为他们写评论。2007年年底，中国小说学会在报社召开中国小小说年度排行榜评选会议，几位领导还专门询问90后作者的创作情况。

　　2009年，著名作家、茅盾文学奖获得者、解放军总后勤部创作室主任周大新到报社指导，听到我们介绍报社非常重视90后作者的培养，而90后作者也正展现他们的文学天分，报社准备出版一套90后作者的作品选时，周主任静下心来仔细翻阅那套书的部分选文，一边看一边赞不绝口，并表示有什么需要他做的他一定尽力。周主任的赞赏让我们备受鼓舞，专门在报上开设了《90先锋》栏目。这个栏目一推出，就受到90后作者、读者的欢迎。

　　2010年，著名报告文学作家、学者，中国图书奖、五个一工程奖、鲁迅文学奖获得者王宏甲到报社指导，见到报社出版的《青春的记忆·90后校园文学精选》及报上的《90先锋》专栏文章，大为赞赏，并称他们将前程无量。之后不久，我们决定出版《青春的华章·90后校园作家作品精选》。这套书收入18个活跃的90后作者的个人专集，也是90后第一次盛大亮相。曹文轩、雷达等为高璨作序，著名文学评论家李少君、张立群为原筱菲作序，著名评论家胡平为王立衡作序。此外，还有一大批中国作家协会会员如刘建超、蔡楠、宗利华、唐朝晖、陈力娇、陈永林、邢庆杰、袁炳发、唐哲（亦农）、孟翔勇、倪树根、李迎兵、杨克等都热情地为90后作者作序推荐。他们在序中都高度评价了这些90后作者的创作热情、创作成绩。当然也客观地指出了一些值得注意的问题。

90后作者的成长也引起了文学界的重视，他们当中不少人都加入了省级作家协会，尤其是天津的张牧笛还于2010年加入了中国作家协会。他们以自己的灵气、勤奋，正逐渐走向中国文学的前台。

张牧笛、张悉妮、原筱菲、高璨、苏笑嫣、王立衡、李军洋、孟祥宁、厉嘉威、李唐、楼屹、张元、林卓宇、韩雨、辛晓阳、潘云贵、王黎冰、李泽凯等无疑是这一代的代表。这其中我特别欣赏原筱菲。她不仅诗歌、散文等写得棒，美术作品别有特色，摄影作品清新可人。在报刊发表文学作品、美术作品、摄影作品2700多篇（首、件）。还有苏笑嫣。不仅诗歌写得好，小说也受评论家的好评。尤为可贵的是，她完全依靠自己的能力行走文学，却不去借助自己父母的关系走丁点捷径。还有张元。一个西北小子，完全凭自己对文学的执着，硬是趟出自己未来的文学之路。还有韩雨。学科公主，加上文学特长，使得她如鱼得水。

著名文学评论家白烨曾发表文章将40岁以下的青年作家群体细分为"70年代人"、"80后"和"90后"。他评价，90后尚处于文学爱好者的习作阶段。从创作来看，青年作家普遍对重大历史事件有所忽视，对重要的社会问题明显疏离，这使他们的作品在具有生活底气的同时，缺少精神上的大气。不过，在他看来，这些年刚刚崭露头角的90后有着不输于80后的巨大潜力。（转引自《南国都市报》2012年9月18日）

但不管怎样，成长是他们的方向，成长是他们的必然结果。

这次选编这套书，就意在为90后作家的茁壮成长播撒阳光，集中展示90后作家的创作实力。我们相信，只要90后的小作家们能沉下心来，不断丰富自己的阅读以及丰富自己的社会积累，努力提升自己写作的内涵，未来的文学世界必然会有他们矫健的身影和丰硕的成果。

我们期待着，读者也期待着！

在 2012 年的高考中，我凭借突出的文学特长和优异的学习成绩，先后获得清华大学、北京大学、山东大学、南开大学、中国政法大学五所大学的自主招生考试资格，最终顺利通过清华大学"拔尖计划"，清华大学给予高考五十分的优惠；山东大学给予高考过一本线即优先录取的优惠。在 2012 年高考中以曲阜市文科第一，顺利录取到清华大学人文科学试验班，实现了进入清华北大等名牌大学不断充实自己的梦想。

我在妈妈的早教下，两岁识字，五岁时就读了各种图书一千本左右。得益于广泛的阅读积累，八岁就发表文章，在曲阜市实验小学上学时就在各级媒体相继发表作品一百余篇，"与诗书做伴，与笔墨结缘"成为童年时期的生动写照。

我从 2006 年考入曲阜师范大学附属中学就读初高中，中学六年，让我成长为一名阳光开朗而又沉稳内敛的学生，成为一名热爱生活而又写作特长突出的学生。

随着知识面的拓展、思想的成熟，我的文学天赋逐渐显露，文学才华得到更大发挥。我热爱生活，对生活充满了美好的想象、信心、希望和勇气。我大量阅读文学、历史、哲学书籍，深入探索，笔耕不辍。用一颗敏感、细腻的心，从生活的点滴入手，以自己的眼睛看世界，写出自己对生活的独到认识与理解，表达了对国家兴衰、民族发展、社会变迁的关注与思考。我的作品，体裁广泛，有小说、有散文、有随笔。我小学五六年级创作的中篇魔幻小说《秋·紫冰项链》达五万多字，初一创作的中篇小说《红莲逝》有两万六千多字。《玉溪雨落》、《风雪夜归人》、《国破山河在》、《山高我为峰》、《雨过天会晴》、《昔时明月在》等高中阶段创作的短篇小说，显示出广博的阅读面和较强的语言组织能力。校园散文《我为你们狂》、《人生有节气》、《我的四季我的梦》、《我的童话我的梦》道出了一名中学生的内心独白，大学阶段写出的《梦中高三》、《山月不知心里事》、《绝版高三》写出了对高三生活的深深眷恋。

凭借深刻的思考、丰富的想象、细腻的文笔，我至今已在《中华文学选刊》、《写作》、《儿童文学》、《少年小说》、《大学指南》、《读写天地》、《读友》、《当代学生》、《读写月报》等全国百余种报纸杂志发表文章五百余篇，所写文章达到六十余万字。被《中学生》、《新课程报·语文导刊》、《同学少年作文》、《语文世界》、《全国优秀作文选》、《小作家》、《新作文》、《作文与考试》等全国十几家报纸杂志特别推出小作家专栏，与全国知名"90后"作家共同出版《青少年文学殿堂·小说卷》、《90后获奖作家中学校园佳作》、《全国中学生梦想美文优秀作品》、《中国新世纪校园文学作品精选》、《90'S大合唱》、《最青春：新概念90后作品选》等图书。三十万字的散文集《晓窗含风》、小说集《初荷听雨》也已出版。

我的作品在全国获得各种奖项六十多项，其中获得特等奖、一等奖三十余次。曾获得第四届全国少年之星创新作文大赛特等奖，第四届"中国青少年作家记者杯"征文大赛特等奖，第六届全国青少年冰心杯文学大赛金奖，第六届、第七届、第八届、第九届、第十一届"中国少年作家杯"征文大赛一等奖，第十八届全国青少年"走进新时代"创作大赛一等奖，全国中小学生放胆作文大赛一等奖,全国读书节征文大赛一等奖,"世纪杯"校园文学艺术大赛一等奖,"恒源祥文学之星"中国中学生作文大赛一等奖及创新作文大赛一等奖等奖项,获得2007年度人民文学出版社《中华文学选刊·少年写作》作家气质奖。

我先后被评为"2005年度当代青少年优秀作家"、"2007年度优秀华语少年作家"、"第六届'雨花杯'全国十佳文学少年"、"第八届'叶圣陶杯'全国十佳小作家"、"2010中国'90后'十佳少女作家年度人物"等称号。

"写作不是我生活的全部和目的,只是我作为'90后'少年对生命、生活的体悟和真情流露。"我并没有因为自己的文学禀赋、勤奋的文学创作而忽视对其他科目知识的汲取和学习,而是全面发展,各科成绩都十分突出。善于倾听,注重独立思考,从高一到高三,学习成绩一直名列班级第一名,文科级部前两名,赢得了老师和同学的赞誉与钦佩。

我非常热爱中国传统文艺,平时除喜爱读书、写作外,还喜欢弹古筝,喜欢从传统文化中吸取哲学智慧指导自己的学习和生活。目前,古筝已通过山东省教育厅艺术教育委员会九级考试、中国民族管弦乐学会十级考试。

我喜欢读书,喜欢凭兴之所至,在书籍的海洋中自由遨游;喜欢写作,喜欢凭一笔一纸,书写出悠悠墨香弥漫的梦;喜欢古筝,喜欢手挥五弦,令淙淙音符从我指间流淌。最喜欢的莫过于在一个晴朗的夏日午后,与人笑论春秋,言无不尽。一动笔,写出吾心;一挥手,谈出吾梦。

2012年,清华大学推出自主招生新政——"新百年计划"。"新百年计划"包括"领军计划"、"拔尖计划"和"自强计划"三部分。"拔尖计划"面向具有学术理想和创新潜质,在某一方面有突出才华并取得一定成果的应届高中毕业生。我在2012年高考中实考分数加上清华自主招生分数是689分,超过清华大学在山东文科录取分数线二十多分,顺利录取到清华大学。在"新百年计划"推行的第一年,全国共有二十八位同学顺利通过"拔尖计划"进入清华大学。清华大学在理工科方面具有传统而且突出的优势,科研教学水平一直居于全国最前列。近年来,清华大学的文科类专业发展势头迅猛。我喜欢中文,喜欢阅读、写作,渴望在大学能边读边写,用自己的笔描绘多彩的人生。希望我中学时期的文章能对热爱文学的朋友,对也像我一样拥有文学特长想走自主招生路子的学弟学妹们有所帮助。

目录
CONTENTS

目录
CONTENTS

第五辑

初中散文卷

第一辑

大学散文卷

绝版高三

度过了高考后那个长得几乎永恒的暑假后，我上大学了。

有新的课本等着我去翻开，新的生活等着我去熟悉，新的友谊等着我去珍藏。大学，这两个字带着无数的新鲜与忙乱，猝不及防地向我袭来，令我几乎忘记了之前一年在曲阜小小县城中日复一日地早出晚归。直到"十一"放假归家，偶然翻开同学录，才突然回忆起那本应牢牢刻在骨髓中的两个字

——高三。

那一年，那个我们所有人的

——绝版高三。

我最好的朋友说，到了高三，真不知道说是伤感多些、无奈多些还是期待多些。

高三是充满无奈的。

一切与学习无关的事情都被父母和老师明令禁止了，似乎我们的生

活中只剩下了学习这一件事,同学之间交谈的话题也从过去的五花八门渐渐转变成了单一的"这道题怎么做?""你这次考了多少分?"……这样的生活太过琐碎而重复,以致之后回想起来,整个高三的生活可以概括到具体的某一天,而这一天又可以概括成一个词,叫学习——刻板而且冷硬,灰蒙蒙的,连带着我关于那一年的回忆都模糊起来。幸好,在那绵延的灰中总有一些暖色在穿插、在孕育,逐渐吞没掉那些灰色。

它们是朋友、是期待。

高三是充满期待的。

所有人都不清楚自己的真实实力与水平,于是就像坐井观天的青蛙一样,觉得头顶上的那一片天地很美好,畅想着有朝一日在井外的日子。从寒冷的东北哈尔滨、吉林,到炎热的岭南广州、深圳,从湿润的沿海杭州、厦门,到干燥的内陆西安、兰州,所有人都在描绘着自己的理想之地,刻画着梦想中的大学生活。期待着有一天离开这个居住了十八年的曲阜小县城,期待着到一个从未见过的陌生城市去。每个人都默默地把理想与现实作了比较,然后为此而更加努力。然而,一群人在学习的罅隙中围在一起大谈理想时,总会有人突然提起一句:

——以后就要分开了呢。

然后气氛就突然伤感下来。

高三是充满伤感的。

所有人都知道六月走出考场后我们可能倾尽一生也见不到另一些人了。十八年内我们的坐标都挤挤挨挨地待在这个小城市,朝夕相处亲如骨肉。然后在下一个九月我们就像蒲公英一样迅速地分散到全国各地去了,有的生根发芽,有的继续漂泊,但相见总是遥遥无期。高三期间,所有人都很有默契地不谈分别的事。但这个话题总是会在某一个角落突然蹦出来,令我们措手不及。

"很怕分离,跟你,跟高中,跟人生。"

"为什么不能一直一直地走下去,不用烦恼,不必担心。"

"我到底还能不能再见到你。"

…………

高三,无数个同学在我的同学录里如此写。

从初中起就在一个班的同学说,你永不会独行,你的身边始终有我。

高三的心情,还可以用"苦闷"两字来概括,只不过别人只需苦闷高考,我却还要加上一个自主招生考试——一次次地在理科生都不会做的奥数题前撞得头破血流;一次次地在同学们狂背文综时看一些高考永不会用到的冷门知识;一次次地在别人安心复习时奔波于一个又一个自主招生的考场上。好不容易回到教室,看到厚厚一沓没做的卷子,看到自己的学习进度比别人慢了一截,忍不住要哭出声来——毕竟那时我为此付出了太多时间和精力,而自主招生的结果对我来说还是个未知数。

心情不好,就干脆放纵一下自己吧!在自招考试前的某一天,我拉着一个好朋友逃离了教室里声音僵硬的英语听力,在校园里一圈圈地转。看着初春寒风里盛开着的迎春花,有一句没一句地闲聊着。后来干脆连花都不看了,只是在操场上漫无目的地走着,聊着高三的辛苦与劳累,聊着自招的付出与不知何时才能到来的回报,聊着对未来的期盼与害怕……聊到暮色四合,才最后终于心满意足地回到教室。最后的印象,是这个好朋友在进教室前对我说,无论发生什么事情,只要你想倾诉,我一定在你身边。

自主招生的结果下来后,这个好朋友在我的同学录里写道:现在回头看看那天的场景,我们是否有些可笑?

但在关于高三的好多记忆都已渐渐模糊的时候,我却仍能清楚地记得,曾经有一个晚上的话语,温暖了我高三的整个冬天。

我的同桌说，Yes, we can！

等自主招生尘埃落定，也就是我能真正静下心来、不管不顾地学习时离高考也只有五十天了。

此时春已到来，万物复苏，同学们的学习热情似乎进入了一个新的高潮。聊理想大学的声音渐渐小了，大家都懂得了最重要的是抓紧高考前的每一分每一秒。老师已经不用再像过去那样督促着我们学习，同桌在桌子上贴满了励志的标语，并把她最喜欢的几句认真地写在了我的同学录上。

Yes, we can！ 是的，我们一定都能实现自己的梦想！

就在那时，我们突然都迷上了在风中、在夕阳下读书。晚饭后我和几个好朋友总是结伴来到学校操场，默契地分散开来，挑一个不会打扰别人也不会被别人打扰的地方，开始大声地背诵那些几十天后就会用到的知识。春去夏来，白天一天天地被拉长，我们在操场背书的时间也越来越长。踢球的学弟散去了，聊天的学妹也散去了，操场上只剩下我们高三这些马上就要进入人生转折点的人们，就着夕阳的余晖，进行着至今为止人生中最为重要的一次学习拼搏。——直到晚自习的铃声响起，我们才成群结队地走回教室，交流着刚刚的学习心得，询问着自己迷惑的地方，等回到教室后又马上沉默下来，进行着新的作业与复习。我们都相信自己能成功，或许是因为知识日益巩固，或许是因为教室中的四个大字：天道酬勤。

高考前我和同桌一起负责打扫卫生，我们把承载着记忆的标语都撕下了，把曾经为之骄傲的卫生红旗取下了，把教室里的桌椅都摆成了陌生的样子。拿到准考证后我们拥抱了一下彼此，高声为对方，也为自己加油。

那是我最后一次见到同桌。我记得她的座右铭是——追逐梦想，永不停息。

一直以来的竞争对手对我说：希望万事如意，生活美满幸福！

高考完骤然空虚了一阵，然后又投入到忙碌的填报大学志愿中。不停地和同学们联系，交流着彼此获得的最新情报，用一切手段和方法——电话、QQ、短信、邮箱……交流得过于频繁以致我恍惚认为我们还没有毕业，这只不过是高中一个普普通通的暑假，九月初开学我们还会聚在一起，依旧那么亲密无间。

我和竞争对手一直交集很多，高三一年我们一直是"亦敌亦友"的关系，也会因对手的某一门功课考过自己而暗自不服气；也会因自己的某一科考了第一而欣喜；也会偶尔闹闹小别扭；也会在一起嬉笑打闹。成绩上也一直是轮流当文科第一，但均只比对方高一两分的程度。也不是没有如果对方不存在自己独占鳌头的想法，但在最后要分别的时候却也难过得想哭——想起高三时一起讨论问题，想起每次考试前均一起祈祷题不要太变态，想起我们每时每刻的暗暗较劲……

谢谢你！给我前行的压力与动力。

谢谢你！无论何时何地，都一直陪伴着我。

他们都说，不要忘了我！

终究还是要各自奔天涯。

最好的朋友和她的欢喜冤家一起去了一个远到"十一"长假都回不了家的城市。所有同学都兴致勃勃地打赌他们能否在一起。

一个好朋友以一分之差进了另一所学校，但联系时说在新大学混得也蛮风生水起，语气间满是扬扬自得。

竞争对手和我到了同一个城市，但两所学校相隔甚远，单是车程就要两个小时。终究远了，回不到过去。

有些同学选择了复读，宁愿再拼一年换取更高起点。

…………

这次，真的是分离了。

下次同学相聚不知是何时。

进大学已有月余，高三的一些记忆已慢慢淡忘。但只要翻开同学录，看到那些依旧鲜活的文字，就似乎又回到了那间教室，周围是熟悉的人、熟悉的笑语、熟悉的感动。

"一直有个念想，想把老师们的讲课录下来，同学们的趣事拍下来，那些不可再重来的经历记下来。多年后会不会看着画面中的自己和伙伴们的笑脸哭出声来。"

"生命里每一秒，都是绝版。"

那是我们，不可复制，不可重来的

——绝版高三。

山月不知心里事

每次看电视剧，剧中人物动辄大起大落历经人间悲欢离合，让人长叹人生多么阴差阳错，命运多么爱开玩笑——正如我怎么也想不到，我

会在做小学奥数时突然灵感迸发写出一篇文章,从而走上写作这条道路一样;正如包括我在内的所有人都没想过,我会踏在这条路上进入清华园一样。正如连山月都不知,这条道路对我来说,是布满荆棘和汗水的路,还是充满荣耀与光辉的路一样。

山月不知心里事。

山月·我歌月徘徊·遥远的高一高二

我写作与发表文章始于小学三年级,但真正开始频繁参加各种比赛却是从初中毕业才开始。作为学校优秀学生,却遇到中考的失利,这让我的父母突然意识到,他们孩子的人生中,还有更大的一道关——高考要经过。蒋方舟清华给予高考60分优惠的事迹,更让他们发觉,我一直当作自然而然爱好的写作,也许能成为让我前进一步的重要推力。而这一推力,仅靠在五花八门的杂志上发表文章是不够的,还需要一些更有分量的东西,比如——全国作文竞赛。

这就是父母和老师坚持让我参加"全国创新作文大赛"的最重要的缘由之一。创新作文大赛是由北大中文系和重庆《课堂内外》杂志联合主办,特等奖和一等奖会有包括北大在内的三十多所全国重点高校的自主招生权利。高考,残酷却真实。

那还是2009年,我刚上高一的时候,那时清华还没推出"新百年计划"中的"拔尖计划",全国各地的大学还没有给文学特长生更大的优惠,蒋方舟的大额降分仍是一个颇有争议的话题。那一年,我刚获得"雨花杯"全国十佳文学少年和"叶圣陶杯"全国十佳小作家两个荣誉称号。那一年,我还和所有的高一生一样,认为高考离我们很遥远,对于学习唯一的目的只是拿到一个听起来尚可的名次,也仍会随心所欲地写一些文章,甚至长篇小说,过着浑噩却快乐的生活。

高一参加的创新作文大赛对于我是一个挑战,也是一个打击。说挑战,是因为我之前很少参加现场写作的比赛,尤其是它还要经历初赛、网络复赛、现场决赛三个流程。另一方面,从初中到高中我的文风有了自然而然的转变,而高一远不是文风和写作技巧已经成熟的时候。初赛时我绞尽脑汁才写出一篇比初中还幼稚的小说,自认为更上一层楼的文章,复赛时我曾因与自己文风完全不相符的题目和过于紧迫的时间要求而痛哭。终于一路坎坷来到决赛,结果却是完完全全的一个打击。

——二等奖,和一等奖是一字之差,但它已注定了我没有获得一些大学自主招生的资格。其实之前已有预感,因为为数不多的现场写作的紧张;因为写作时脑海里的一片空白,远没有复赛后半部分的文思泉涌;因为我过于糟糕的字体。但在二等奖的行列中听到自己的名字时,也忽然有种某些东西与我擦肩而过的错觉。高中尚在玻璃瓶中的我,已经可以隐隐感觉到现实残忍尖锐的棱角。知道是二等奖的那个晚上,我问自己,这只是一次作文比赛,失手也没什么,但高考呢?

幸好,我还有第二次机会。高二的暑假,我再次经历了同样的程序,踏着盛夏的蝉鸣声走进了北京大学"全国创新作文大赛"决赛现场。让我松一口气但又有点暗暗失落的是,这次决赛的题目很适合我的文风。

一等奖,换句话说,我已经有了北大等三十余所大学自主招生的资格——但也只是资格。

创新作文大赛,这可谓是我高一高二最接近高考的时刻,所以未免会有几分沉重和压抑。但比赛外的其他时间,可以说是比较丰富多彩,甚至年少轻狂的。比如在高一时几乎永不停息地写小说;比如每个晚自习在迅速解决完作业后总会拿出来的小说;比如因为热爱某部小说而把它从头到尾抄下来;比如会在某个休息日去和同学肆无忌惮地玩儿上一整天。手之舞之,足之蹈之,整个高一高二,犹如在歌中度过。在高考后那个长的几乎凝固住的暑假,我和妈妈在谈起那些时日时,总会有点后悔当时为什么不多关注一点学习而把基础打好,这样我或许就不会在高考时做错数学大题的最后几步,不会忘掉文综的知识点。但与此同时,也会扬起一抹笑意。总有一些岁月是用来挥霍的,总有一段人生是用来年少轻狂的。多少年后想起这段岁月,我们会微笑,青春竟是这般模样。

不知·梦里不知身是客·梦中的高三

上了高三妈妈就对我说:"你该拿出十二分的劲学习了。"

那时我刚搬到学校附近租的小屋内,过去常看的课外书几乎全伴着暑假一起留在了舒适温馨的家里。租的小屋里只有几件很简陋的家具,让我开始时几乎睡不着的硬板床,一切似乎都预示着真正的苦日子即将来临。

高二分科时我们为正在临近的高考紧张了一下,但很快又恢复到嘻嘻哈哈的懒散状态。直到高三分班,我们才真正听到高考一步步走来的脚步声。

我被分到文科最好的班,有了据说是全校最好的师资配备,但我深知,在上一届文科状元跟清华、北大分数线还有四十分距离的小县城,最好的班与省重点学校的普通班比起来,也难以望其项背。老师们想到了自主招生,但自招只会让我们和济南、青岛的学生差距更大——他们可以从高一就学习自招内容,而我们连一个可以指导自招的专业教师都没有。抱着仅存的一丝希望,我报了学校推荐的一个老师的数学班,从开学到自招结束,每周不间断地学习,难度堪比奥数的自招数学。

那是一段我至今不愿回忆的经历,全校学自招的由开始的一百多人

迅速降到十多人，仅剩我一个女生兼文科生。和那些理科男们一起学以后可能永远用不到的奥数，也曾有过被点名却答不上的尴尬与无奈；也曾有过想把笔记撕了的气愤；也曾有过因做不出题蒙着被子哭的痛苦。不停地学数学，导致我看到历史政治都倍感亲切——那时的我，因为高考的限制，早已被妈妈勒令不准写作了。这一切持续到寒假，自招笔试开始。

有人说自招初审就是要广泛撒网，于是我向一个又一个大学寄去了资料。清华、北大、南开、山大、中国政法……一个又一个初审通过，伴随而来的还有一个又一个笔试。这意味着我必须在同学们刻苦背书的同时在全国各地东奔西跑，为的只是高考能多一份筹码。第一个笔试的是南开，我走上考场时踌躇满志，却在走进考场的一刹那我知道我落选了——题型和身体的不适，太多参加自招的考生。而我是来自考题以容易闻名的山东的一个教育不发达的县级市，南开对文学特长生也没有更多优惠——后果如我所料。但值得庆幸的是，我收到了山大抛来的橄榄枝——校长推荐，免笔试，仅面试。

山大面试结束后便是清华、北大的笔试，这时我面临一个艰难的抉择——清华、北大同一天笔试。换句话说，二者我只能择其一。全家人陷入了激烈的讨论中。这时，清华的未来发展计划吸引了我——通识教育。在大学前两年，我不必像其他中文系学生一样仅钻研文学理论，而是可以同时学习文、史、哲三方面的知识，大三再依据兴趣挑选专业。这对于喜欢历史小说的我是一个极大的诱惑。另外，我在清华通过的是较为特殊的"拔尖计划"自主招生，这意味着清华对我这个文学特长生有更大的优惠，最终，在笔试的那一天，我毅然走进了清华的考场。

距高考还有八十天的时候理应是我们全力拼搏的时候，却也是我最为幸福和焦虑的时候——我收到了清华的通知，让我去北京参加接下来的面试。

　　很久以后我觉得自招其实苦于高考,高考只需要平时勤勤恳恳地准备和最后决定命运的一次考试,但自招是用无数难度非同寻常的题和一次又一次的失败打击你的信心,又用在全国各地考试的疲于奔命消磨你的意志,屡次把你的注意力从学习上引开。但如果时间和精力安排得好,它可能会改变你未来的道路。未来的几天,妈妈让参加过公务员面试的舅舅帮助我粗略模拟了几次后,我推开了清华面试的大门。

　　清华的面试比山大难得多。不是小组回答问题,相互补充,而是单人进入面对六七位老师连珠炮式的质询。老师们的问题都很尖锐,容不得你片刻喘息。尤其是正中间一位老师,每当我回答完一个问题他就马上根据我的回答提出下一个问题,其中一些是我从未思考过的。最后我完全忘记了羞涩和紧张,开始和他争论起来,声音逐渐变大,语速逐渐变快,以致最后有点像吵架。直至他突然停止了追问,我茫然地望着他,听老师们说:"面试时间到了。"走出教室,看着凌晨刚降下的白雪,我突然有种自打梦中醒来的感觉,不敢相信刚才那个与老师争论的是一贯内向的我。直至高考前,我还会在梦中突然想起面试的情形。

　　距高考还有五十天时我收到了清华高考优惠五十分的通知,多么可爱的巧合,再加上山大降至一本线的承诺,我走一个好大学已经不成问题。但很长一段时间内我心里还是惴惴不安的,担心加上五十分仍上不了清华,担心自招耽误了我太多学习时间。整个高三的压力与恐慌爆发在我一次数学考差后的大哭声中。但这次宣泄后很快我就神奇地调整了情绪,开始按部就班地去复习从前遗漏的内容,甚至还能挤出一点时间来看看电脑放松一下。最后几十天的高三生活,于我反倒是记忆最不清晰的一块,就像在梦中看别人的生活,在水中看别人的倒影一样。唯一记得的只有高考最后一场考完后与老师微笑着告别。

　　高考中文综有些失常,少考了十多分,也许还是因为最后复习时间太少的缘故,假期里妈妈问我,你高考用到十二分劲了吗? 我说,九分吧，一部分是因为自我感觉不会的太多而不知从何下手，一部分是因为自招加分后心里莫名的懈怠心理。

自招，我以总成绩自降近二十分为代价，换来了清华的五十分加分。但不管如何，我看到了荷塘月色。

心里事·心有千千结·旅程刚刚开始的大学

假期一直在抱怨，假期就是一天天无聊地重复，但临近开学，才发现假期还是太短了。

心里一直很紧张。毕竟常说："半国英才聚清华。"在由各个省汇集过来的人杰中，我这个靠加分走进清华的人能否一直占有一席之地还有待商榷。独在异乡自己照顾自己，对从未住过校的我也是一个挑战。大学的课程和高中几乎截然不同，难度也突然增加，比如竖排繁体的《春秋·左传注》，比如全英文的西方经典哲学，比如不知为何文科生也要学的大学数学，比如响应清华"为祖国健康工作五十年"而每周进行数次两千米跑的体育课……

不过，也会因在《春秋·左传注》中不时出现家乡"曲阜"两字而会心一笑吧。

不过，也会因大学数学和自招数学有相同的内容而偷偷怀念起高三吧。

不过，也会和刚认识不久的同学就军训这一话题而聊得火热吧。

巧合的是，面试时和我争论不停的老师现在成了我的班主任，真是人生何处不相逢啊！

高考结束是一段人生和一段记忆的结束，而大学的生活是另一段崭新旅程的开始。旅伴不同了，目的地不同了，可能沿途的风景也不同了。

但无论如何，它应该是美丽的，纵使这一旅途平凡单调，我们也会尽力把它过得精彩。

为此，也请所有人，在自己所处的那段旅程上，继续努力吧！

梦中高三

轻轻地我走了，正如我轻轻地来

高考最后一门的卷子被收起来时很诡异——没有人欢呼、没有人雀跃。整个考场的人都很安静地依照老师的嘱咐，看着监考老师点好卷子整理好档案袋走出考场。就像尘埃落定一般，同学们陆续站起来，和同一考场的朋友一边闲聊一边前行，在经过教学楼时同一旁笑意盈盈的老师们自然地打着招呼，像往常一样走回家——仿佛我们刚刚经历的只不过是一场对高三生而言再平常不过的摸底考试，又仿佛这一场景我们已在心底演练过不知多少遍。

在家里过了不知多久，早听学长们宣扬过的"没有早晨的日子"，白天似乎由高三时的十七个小时一下子变为了十三个小时，直到一个朋友打电话给我说，我们出来吃顿散伙饭吧，才突然惊觉，高考已经过去了一个多月了。

站在炎热的夏天回首，高三就像卢生的荣华富贵一样，似一场大梦一般。

那榆荫下的一潭，不是清泉，是天上虹
揉碎在浮藻间，沉淀着彩虹似的梦

刚上高三的很多细节已经记不清了，只记得分了新的班，有了几位新的老师，有了摞在桌子上可以遮住视线的复习资料，开始有了怎么也做不完的作业。所有人都是信心百倍地说着自己的成绩，说着家长的期望，说着梦想的大学。

毕竟在老师和家长口中，我们是学校这几年最优秀的一级。但所有人又都是忐忑的，毕竟这儿只是一个小城。小城里的鸡头可能怎么也比不过大城市里的凤尾。一个中等城市可能一年出六个清华北大生，而我们城市已经六年没有一位考生走进清华北大的大门。所有人都为自己在学校里的名次而沾沾自喜，所有人都因不知自己的真正实力而满心茫然。

就像双城记所说，"Is was the epoch of belief,it was the epoch of incredulity"，那是信心百倍的时期，那是疑虑重重的时期。

——我们面前拥有一切，我们面前也都一无所有。

为了能离梦想更近，一些同学明智地选择了自主招生，另一些同学更明智地选择了踏踏实实学习。我属于前者，但自主招生和高考的题型是不一样的。当其他文科生都在背文综、读英语，做一些数学基础题时，我却和一些理科生一起猛补难的让我不止一次想撕了本子的奥数，做几

篇三分之二的词汇都不认识的完形填空,读一些高深的文学知识,同时还要注意不能遗忘了基础知识……整个高三上学期,我几乎都是在不停地补奥数中度过的。直到高考结束后十多天,我还会在睡梦中突然坐起,想着不能睡了,还要去补数学呢。

2012年的寒假对我来说,就是在一个又一个自招考场中东奔西走,做一些刁钻的答卷,同面试的考官在一个问题上大段大段地阐述自己的见解。也不是没有哭过——为朋友已能把文综课本背得滚瓜烂熟而自己却在连日地奔波和艰难的奥数中忘了政治的一个重点或历史的一段时间表。如果说有什么支撑着我走过迄今为止一生中最艰难的一个寒假的话,那应该就是梦,希望能飞得更高看得更远的一个梦。

寻梦?撑一支长篙,向青草更青处漫溯

清华自主招生的通过,对我是一个安慰,也是一个压力,就像长辈不经意间说出口的一句:"韩雨通过了清华自招,是一个爆炸性的新闻;加了五十分却还没考上清华,更是一个爆炸性新闻。"老师们提起这件事都小心翼翼地把喜悦压下,怕刺激到其他同学,更怕刺激到我。另一方面,自主招生结束后,我才真正全身心地投入到高三复习中,才真正收起因自招而变得浮躁的心情,静静去品尝高三浓浓苦味遮蔽下的甘甜。高一时,我还完全没有学习的压力,只会少年不识愁滋味地写一些小说;高二时,高考的风雨开始袭来,但我还会忙里偷闲地写一些抱怨作业过多的散文;直到了高三,我才明白,在真正的压力下,你根本没有精力去抱怨。高三,我只会麻木地做完一张卷子,对一下黑板上的答案,再麻木地投入下一张卷子。整个高三,除了老师布置的作文外,我没有写任何东西。

自招尘埃落定后离高考只有两个月了。为了能补上最容易被时间

遗忘的文综,也为了摆脱高三以来就如影随形的睡意,我开始到学校操场上背文综。那是四月份,天还比较蓝,空气还没变得那么炎热而凝重,操场上有一些高一的男生在踢球,静悄悄开放的紫藤萝架下有几个人在悄悄说话。我就抱着几本书坐到操场边缘,努力把企业的发展要求、水土流失的治理、毛泽东思想的发展历程装到脑子里。偶尔抬头看看缓慢飘浮的云和迅疾划过的飞鸟,想象着自己有朝一日展翅高飞的样子。一直到高一的男生累得偃旗息鼓嘻嘻哈哈地向教室走去,一直到天空被太阳染出橙黄的暖意,一直到晚自习的铃声不慌不忙地响起,我才匆匆走向教室,去迎战似乎永远也做不完的试卷和笔记。晚自习课间,我也会找同学聊聊,有时是询问一下课上没听懂的一个问题,有时是互相交换一下学习资料。更多的时间是一起站到窗边,看着漫天星斗,想象着几个月,或者更长时间后的自己会怎么样,然后日子就在我们在日历上打的一个个叉号间静静走过。

高考前一周开始自习。教室在三楼,然后整个级部莫名其妙地掀起了一场折纸飞机的浪潮。下课铃一响后整个楼层的窗户内总飞出一架又一架的纸飞机。第二天打扫时满地都是白茫茫的一片。偶尔有几个飞得特别远的纸飞机孤零零地停在操场上,没人舍得扫走它们。

满载一般星辉,在星辉斑斓里放歌

高考三天如在梦中度过。事后对于高考的记忆反倒不那么清晰了。只记得高考结束后第一天玩电脑直到夜里十二点,很迷茫地想为什么家长还不来叫我睡觉,然后在看见他们屋里熄灭的灯光才反应过来——高考已经结束了,父母不用再在夜幕笼罩下把上完晚自习的我接回家,不用再一直陪我熬夜到午夜了。高考结束,他们终于可以睡个好觉了。

接下来的十几天我都在梦一般的浑浑噩噩中度过，直到高考完半个月，6 月 24 日成绩发布。

成绩发布前一个小时我一直待在家门外的小公园里，折毕业后打算送给朋友的纸花来逃避在我脑中挥之不去的成绩。不敢看，虽然之前在家长的逼迫下看着答案估了一下总分，但看不到官方公布的数字总是心里难安。偏偏由于考生太多，开通查询后一个多小时父母都没查出我的成绩，于是从两点到四点的这两个小时我几乎都在看着纸花发呆。

直到四点多，才看到笑眯眯走来的爸爸。

——639 分。

不如想象中理想，尤其是文综可称作失常。但算上自主招生获得的五十分，这已是一个可以稳稳走入清华的成绩。

大大松了一口气。

父母欣喜地打电话给老师和熟悉的同学，这才惊讶地得知几个和我成绩相仿的同学也考得很不理想，我这个成绩居然成了市里的文科状元。

在父母的电话声中我默默上了 QQ，在一片喧闹中更改了自己的签名：我花开后百花杀。

但我不能放歌，悄悄是离别的笙箫

之后返校，这几乎是大多数同学在学生时代的最后一次相见，许多人脸上都带着笑容，更多的人在围着老师咨询填报志愿的事。

我们果然是学校这几年来考得最好的一届。

几个相熟的同学坐在一起写同学录，在笑言自己已不会写字时仍掩不住即将离别的伤感。

想起语文老师在临高考时提到了《从百草园到三味书屋》中的

"Ade,我的蟋蟀们;Ade,我的覆盆子们和木莲们"。如今,终于到了对同学们说"Ade"的时候。

离校时,默默说了一句话,"very dream will come true."(愿美梦成真。)

后来陆续得到消息,同学们果然都飞得很远。两个去了南京、一个到了上海、一个江西、两个四川、一个重庆,甚至有个女生去了贵州,还有很多去了我不知道的地方。

不仅想起高二时自己写的一篇文章。文中说我们都是即将远行的蒲公英,将向着苍茫的天空飞去,不必回头,不必留恋。

"这些都只是梦的续集故事,我还没完全醒来却已说出口",滨崎步唱。

还有位同学,在我的同学录上写上了《那些花儿》的歌词。

——我们就这样,各自奔天涯。

我挥一挥衣袖,不带走一片云彩

还有很多想说的话没能说出口。

比如高三一次考砸后的痛哭失声;比如在自招考试前和一个朋友逃掉了英语听力,在暗沉的天宇下绕操场一圈圈地转,谈迷茫与希望,谈苦与梦;比如高考前一天发现自己睡不着时的恐惧与无奈。

还有很多遗憾,没能弥补。

比如高考数学在最后几步错掉的那个大题;比如考文综时突然忘掉的那个知识点;比如发现时间不够时过于潦草的笔画。

但那些,早已被时间打上"过去"的印记,封存成为"记忆"的一坛酒,待我在某个遥远的来日重温旧梦。

高考完的假期过于悠闲,悠闲得每天像是一个样,悠闲得我渐渐忘掉那个充满汗与泪的高三,悠闲得我不知道那个忙碌的高三是一场梦,还是如此空闲的假期是一场梦。

不!或许我只是——还要走进另一场梦吧……

最熟悉的陌生人

他是我最熟悉的一个人。

我可以掰着手指一一数出他的爸爸、妈妈、哥哥、弟弟……我可以说出他最喜欢看的漫画是《阿衰》和《乌龙院》,因为他女儿从小到大一直都买这些杂志;我可以数落他很懒,因为他是日语专业毕业而至今他女儿连日语五十音图都不会背;我甚至可以在小学三年级时就写出一篇长长的作文,洋洋洒洒地列举他喜欢喝酒的毛病给家里造成多大的困扰。

他是我最不熟悉的一个人。

我可以牢牢记住朋友的生日,却因他的生日总是与新年一起过而忘记他的生日究竟是靠近新年的哪一天;我可以记住孔子、孟子或教科书上某一位伟人的年龄,却在填表时对着他年龄的那一栏发呆;我可以算出课堂上的任意一道数学题,却看不懂他办公桌上那堆并不复杂的数据,不知道他的工作重点在哪里;我可以历数酗酒或晚睡的危害,却不明白为什么他总是那么忙,他怎么会总是夜里加班?

——现在我发现了,我所熟悉的,全是与自己有关的;不熟悉的,全是他独自承担的。

他是我最难忘的一个人。

我会在独在异乡举目无亲的时候想起他,想念他做的虽称不上美味却熟悉无比的饭菜;我会在学习遇到困难的时候想起他,想念他曾在历史方面给过我细致认真的辅导;我会在孤独彷徨的时候想起他,想念他曾陪我很长时间地散步,灯光拉开两人长长的身影;我会在搬不动大件邮件的时候想起他,想念他在我大学入学时一直帮我扛着大大行李箱的样子。

他是我最容易忘却的一个人。

我会在与高中朋友聊了很久后心满意足地放下电话时,才突然想起已经好多天没听到他的声音;我会在用积攒下来的零花钱给妈妈买了蛋糕后,忘掉他满含期待的脸,直到被提醒才在当天晚上对他说一声"生日快乐!"我会在旅游归来后翻检纪念品时,才猛然惊觉没有什么礼物可以送给他。

——现在我发现了,我所难忘的,全是他为我做的;我所忘记的,全是他希望我为他做的。

他是对我最好的一个人。

他可以穿越大半个城市去买一道菜,只因我说记忆里那道菜真是美味啊;他可以在出差的罅隙中在机场买一种昂贵的南方水果,只因生于北方的我从未尝过这一滋味;他可以把不多的休息时间全部用来打理我的博客,和每一位编辑、文学爱好者频频打招呼,只因我从来都懒得去处理这些网络上的人际关系。

他是对我最不好的一个人。

他会抱走我的一大堆杂志，只因他认为它们耽误了我的学习；他会因为我一点学习上的马虎而大发雷霆，哪怕我只是从级部第一滑到了第二；他会严词拒绝我让他帮忙写演讲稿的请求，而让我自己写，哪怕那对他来说只是举手之劳，而不管我已被高三的学业压得喘不过气来。

——然后我发现了，当我认为他对我好时，他是在爱我；当我认为他对我不好时，他是更真正地在爱我。

他是我最尊敬的一个人。

我会因为他能流利地说一口我怎么都听不懂的日语而崇拜万分，自己却被英语折腾得死去活来；我会在高考前听他描述他当年的努力拼搏与学习成绩而羡慕不已，然后回想一下自己之前的疲懒状态和丝毫不见进步的成绩而叹气；我会瞪着大眼听他娓娓道来从古到今的各种正史和野史，自己却又忘记了某件大事究竟发生在哪一时间。

他是我最不尊敬的一个人。

我会在心情好时和他毫无顾忌、没大没小地开玩笑，把理学家们坚持的那些道义置之度外；我会在不满他的某个决定时与他顶嘴，乃至隔着电话大吵；我会在和同学闲谈时笑眯眯地说起他过去的玩笑事件，一点也不嘴下留情。

——然后我发现了，当我尊敬他时，我们是亲近的；当我不尊敬他时，我们仍亲近得无人能敌。这一关系不会因任何人或事件而改变。

他是我最想对他说"我爱你"的人。

谢谢你！

我爱你！

——爸爸！

第二辑

高中小说卷

有个女孩叫小沫

小沫。

小沫是个普普通通的女孩子——普普通通的长相,普普通通的个性,普普通通的名字。尽管那名字据说是沫妈文采飞扬地从某著名诗人的代表作里摘来的,但仅一个字的名字很少有人能想到那首著名的诗。——或者说,很少把如此平凡的女孩同一首太过优美的诗联系起来。

扔进人堆里,就再也找不出来的普通的小沫。

从前有个女孩叫小沫。

小沫是个普通的女孩子。

春·小沫·家庭

按计划生育政策规定,小沫不可能有兄弟姐妹。

其实小沫也曾想过,有个哥哥多好啊!带你上下学,陪你做作业,偶尔到你班里转一圈还能收获不少羡慕的目光;有个姐姐也很好啊!可以告诉你很多从未听说的明星绯闻,与你分享新播动画,把亲手缝制的小熊挂在你的书包上。

可惜,天不从人愿。

那么,起码有个妹妹吧!——小沫是个"害怕孤独到死"的人。

然后小沫有了一堆表弟。

在一堆表弟围着她乱转大叫"姐姐,姐姐……"还不停地把手中的玩具扔来扔去时,小沫终于体会到了什么叫"欲哭无泪"。

尸横遍野。

人如死灰。

我心如松柏,君情复何似。

——相信我,这些真的是小沫的真实感受,因为在生物学上,"小沫"这个词除了用"普通"来形容外,还有一堆的"害羞"、"内向"、"生人面前绝对不讲话"等标签,前面一定还要加个"非常、极其、特别"来强调。

——其实小沫像是兔子星人潜藏到地球的。

而有个表弟则相反,乐观开朗得过了头。见人就唱歌跳舞、大声讲话,幼儿园里永远是最出尽风头的一个,走到哪儿都能引起所有人的注意力。英俊潇洒——呃,这个还有待商榷,因为他实在是太小了,只有三岁。不过从他父母的遗传基因上看,应该会长成又高又帅的好男人吧!

小沫不无嫉妒地想着:这样的人,鲜明的对比呢!小沫忧郁地看了看自己。

注意力马上被转移了。

有一个表弟的身高已经超过我了,怎么办?——小沫,目前正努力向一米六零攀爬中。

和家人的关系也就这样了——和睦。但在只有小沫知道的角落里,

也有小小的名为"嫉妒"的种子在发芽。

——虽然有时也会感到好笑:"我到底在嫉妒那些小屁孩什么呀!"

就是这样。啊?你问我为什么不写小沫的父母?那么重要的人物,当然要以后用一整篇文章写了。

夏·小沫·暗恋

小沫曾建议我,这一篇一定要用最华丽的辞藻来写,比如什么"此情可待成追忆,只是当时已惘然。"什么"春心莫共花争发,一寸相思一寸灰。"誓要把她营造成一个温柔、婉约,"见花流泪望月伤心"的名门闺秀,再不济也要是民国初年手持丁香、高跟鞋声声踏在人心上的女子。但那样的话,这篇文章就该投往《奇幻世界》了。小沫实在是个太普通的女孩,普通到这一段历程乏善可陈。

小沫和当时许许多多的女孩一样,喜欢看言情小说。小沫的本子上记满了"暗恋是糖,甜到忧伤";"我要一直等下去,尽管你并不在意";"暗恋,就是白天以为把你遗忘,却在夜晚梦里奢望";等等的句子。

——总之,当时的小沫固执地认为,暗恋才是最美的。

于是小沫想把理论付诸实践。

小沫从教室这边看到教室那边,又慢慢地看过来。

——事实证明,小沫的眼界很高。

——小沫悲哀地发现,与其暗恋那些根本就没长成的小男生,还不如暗恋老师,尽管他们的平均年龄都在四十岁以上。

直到现在,小沫还会和要好同学一起兴奋地大叫"A老师(男)实在是太帅了啊!""B老师(也是男)讲课时太有魅力了啊!"

就这样,小沫的暗恋无疾而终,对言情小说的热爱也随之无疾而终。

是这样吧！我看向小沫。

好像……不仅仅呢。喜欢上一个男生，仅仅是喜欢。或者说，仅仅是有好感。

"可是，谁会喜欢我呢？"因为，实在是太普通了啊。

"不是所有的人都喜欢我。"这个想法击倒了她。

三天，还是五天？记不清了，反正是很短的时间，那段好感像泡沫一样，破灭了。

现在与那个男生已经不熟了。

小沫一生中可能仅会有一次的暗恋，像夏日的白花一样，凋谢在夏末聒噪的蝉鸣中。

谢谢你，赠我空欢喜。

也许后来，小沫也会慢慢明白："不是所有的人都会讨厌我。"

——不过，那已经是很久、很久以后了。

秋·小沫·朋友

我写下这个开头的时候小沫没说话，过了很久才轻声说了一句："这个，该放在开头的。"

我知道，我想用一整篇的笔墨去写她，去细致入微地描述女孩子间的笑，亲密无间，和一点点微妙的讨厌情绪和不着痕迹的钩心斗角。但从兔子星上来的，害羞而又普通的小沫，人际关系实在是太一般了。我只能用"秋天，凉爽但是萧瑟，天高云淡而又阴冷肃杀的秋天"——小沫出生的季节，来描绘那些小小的友情。

小沫是个普通的女孩，普通的女孩有普通的朋友，小学几个，初中有几个，以后还会有不同的几个，然后慢慢断了联系，就这样消散在人海中。

小沫不开心，我知道。小沫为她们写了很多文章，我知道。小沫总觉得现在的朋友不如过去的朋友好，这些我再清楚不过。

小沫说，我也说。小沫不说，我也不说，然后两个人都沉默了。

明明可以写很多很多的话呀，为什么不写了？我对自己说。

明明说要永远永远在一起的呀，为什么最终还是分开了？小沫也说。

小沫不回答，我也不回答。

早就知道的吧。平时尽管有过这样那样的小摩擦，彼此也说过这样那样的坏话，但在无助时、在受伤时、在孤独时，第一个想到的，绝对还是对方啊。

我累了，想找你们说说话，可以吗？

以前写过太多的文章来描述这种关系，矫情的、虚假的、悲伤的、阳光的，但又一次提起笔来，却不知如何下笔。

还用再说吗？还用再写吗？就是那种关系啊！就是那种人人都会有的关系啊！就是那种像咖啡一样的、温暖的东西，初尝时可能会有些苦涩。但在喝完后，才能体会到其中的美味与香醇。

想说什么，想写什么，终究不过是——

此中有真意，欲辩已忘言。

"喏，你看，山上的叶子又红了……"

冬·小沫·写作

小沫是个普通的小女孩——呃，不对！在这里这么说好像不太恰当，因为普通的小女孩不会发表四百多篇文章的……

小沫仰起头骄傲地对我笑,这可是我的特长!

其实小沫还有别的特长,比如古筝考过十级啦,比如总是考出自己家长不太满意但总能让别的家长称赞的成绩啦……

"你再努力一点不好吗!"父母总是这么说,小沫也曾这么想,但看到家中堆积如山的漫画书、小说、杂志总会跑过去看,把作业仍在一边。

——其实小沫也可能是"绝对不努力星人",嗯,可能。

小沫是个普通的小女孩!要再这么说,小沫会咬死我的吧。

小沫喜欢看书,这点毋庸置疑。小沫还喜欢写作,写小说、写随笔、写散文……甚至老师布置的作文,她都能写一篇三千多字的小说交上去——当然,写的绝对扣题。

小沫想写,真的想写。但中考不想,高考更不想。

小沫想写长篇小说,高考说:"不行,你要学英语!"

小沫想构思一个世界,高考说:"不行,你要做数学!"

小沫想写篇短篇小说,高考说:"你能把它压缩成八百字左右的考场作文吗?"

小沫没办法了,说:"我写篇三百字的随笔总行吧? 高考说:行,十分钟写完,然后继续去做考试卷子。"

久而久之,小沫养成了快速写作文的习惯。比如能在一节课内写完一千多字,以后去写网络小说绝对大有潜力。与之相对的就是字体全面下降,本就不好看的字现已降格成螃蟹爬,好几次写"无边",结果被人看成了"天边"。

小沫不高兴,我也不高兴。

会有那么一天吧,高考不再对我们管东管西,我们可以尽情书写自己的梦想。

小沫抬起头,看见天际深处隐约的光。

在漫天雪花中,必有你所寻的光。

小沫是个普通的女孩子,普通的脸、普通的身材,兔子星人一样害羞的性格,害怕孤独,喜欢朋友和家人的陪伴,喜欢看些漫无边际的小说,同样喜欢写点漫无边际的东西,闲着无聊时也会弹弹古筝消遣。

——嗯,这样看来,好像也不算太普通吧!

——小沫就是我。

给小沫的信——代后记

给二十岁的小沫,还有二十岁的我:

十二岁、十六岁、二十岁,多好的等差数列,现在十六岁的等差中项正在写着十二岁的小沫,同时给二十岁的小沫写信。

普通而又特别,永远在固执地坚持着什么,那是十二岁上初中的我——十六岁上高二的我,叫她小沫。

其实小沫已经不小了,十二岁,是个初中生了。但很多时候,当我想起"幼稚"这个词时,想到的不是小学,而是初中。因为小学实在是太小了,小到无法回忆也无法追忆,只记得小学宽大校服下,一张张稚气的脸。

眼睛深处,是不同的一个个小秘密。我爱她,爱当初自己幼稚的美好。

写这么多好像也没提到你啊!现在我要提出问题了:二十岁的你,是否已经找到了高考后层云之上的光了呢?

那么,二十岁的你,可否为十六岁的我,十六岁的小沫也写一篇文章呢?

我写十二岁的小沫时,一直在笑呢。希望二十岁的小沫看到现在的我,不要笑得前仰后合呢——可能不太现实……

又及，二十岁时，有人猜出我的名字出自戴望舒的《雨巷》了吗？不要告诉我，还没有……

永远的小沫

2010 年 10 月 10 日

万山红遍

起·怀君属秋夜

天上飘着细细的雨丝，我来到苏州，去参加一位昔日同窗的葬礼。

白发人送黑发人，老人撕心裂肺的号啕声还在耳边回响。我上前劝慰了几句后，向外走时，却听见角落里传来窃窃私语：

"方家这二小子……听说是反对袁大帅而被人杀的咧……"

"他家里想方设法地瞒着，可还是传出来了……你说，这反袁大帅，有什么好？"

方家二小子，正是今日下葬、令老人哭得号啕的那一位。我心中蓦

然生出一股怒气，但还是忍住了。出门沿着曲曲折折的小巷向前走，不知道自己该到哪儿去，正如不知这个国家该步向何方。

"啪嗒"，一片红叶落了下来，迎着凄风苦雨，撞击着人的心灵。我上前几步，想捡起这掉落的精灵，却不小心碰到了一片白色的裙角。

同时低头说抱歉，又同时抬头看着面前的人。她大概是附近的人家吧，穿着素白的衣裙，额头与之相配地扎着朵白花，抬头低头间留下含蓄的微笑，正如千百年来中国的任何一个小家碧玉一样。

还未说什么，她却先开口了："先生衣衫已湿，若不嫌弃，便请进来稍作休息吧。"

休息？我低头看去，心情过于沉重，竟没能发现自己已被连绵的秋雨打湿了衣衫呢。不想回到那惨白的灵堂，我对她轻轻点头。

承·散步咏凉天

狭小但整洁的房间，座椅似被使用了多年，边角已被磨得圆滑，不知是多少年前的款式……没有其他佣人出来，是家中清贫的缘故吗？难怪女主人穿的，还是老式的衣服，而不是渐渐步入中国的改良旗袍……坐下后，我环顾四周看着室内的设施，最后视线落到她头戴的白花上。

"这个呀"，她注意到我的视线，不好意思地笑了一下。"外子忌日，我想……纪念一下他。"

接着她便与我讲起那些往事，和无数民间小说一样，才子佳人、青梅竹马、琴瑟相谐……无奈男人命薄，一场风寒，竟匆匆而去……老套的剧情，千百年来不知上演了多少幕。只是发生在自己身上时，才能体会到那刻骨铭心的痛。

接下来的时间内她一直在哭泣，内容不外乎自己悲惨的身世和叹悲自己丈夫的死之类的话。

我憎恶那个葬礼上压抑的空气，还不如这里自由一些。

等她平静下来后，客套地道别，慢慢地走出小院。我突然想，也许她并不是因为单纯地同情被雨淋湿的我，也许她只是想与人倾吐她的往事，把过去的甜蜜和痛苦一遍遍地提起，这样那个男子才能永远地活在她的记忆中。当一切已无能为力时，我们唯一能做的，就是令自己不要忘记。

走出门外，雨已经停了。秋风清，秋月明。

似乎有女子在低声哭泣："早知如此绊人心，何如当初莫相识……"

转·空山松子落

刚走出门外，就见有人用惊异的眼光看着我。一双眼睛上下扫视了我几遍后，那人上前，神秘地问我："你怎么敢到那里去？"

见我拔腿要走，他急了，一下拉住我："你为什么要到那里去？那可是'鬼宅'啊！"

鬼宅？我停下了脚步，任那人喋喋不休地说下去："这家原来的主人，周祈昀，本来也是个书香门第的公子，后来不知为何，突然发了疯，说什么皇帝是不好的，说这天下是天下人的，还大谈什么'民主'、'共和'……你看，这不是发了疯是什么？后来就被上面来的老爷们给杀喽……他家为了避丑，一直说是得了风寒死的……你看看，这家人哪……"

"后来呢？"

"后来？哪还有什么后来！周大少一死，这周家也就垮喽，人走的走，散的散，只剩大少奶奶。最后由于忧郁过度，积劳成疾，也去了……不过，常有人听到，夜间这屋子里有女人的哭声，所以大家才叫它'鬼

宅'……"

是吗？我抬头望天。满眼的疑惑，那么一个渴望温暖的人，最后还是进入冰冷的黑暗里了吗？我回头望向黑黢黢的木门，回想着那位温婉的女主人，刻意忽略掉耳边"若想逢凶化吉，只需奉上三块大洋……"

"啪嗒"——又一片红叶落了下来，在水洼里载浮载沉。

合·幽人应未眠

踏着晨曦，我再次叩响了那扇木门。

女主人看见是我，略微有些吃惊，但还是热情地请我进去。我坐在窗边数红叶，当第七枚落下的时候，我终于开口：

"不知你家公子是什么时候去世的？"

她眼圈一红，还是回答："去年，那也是这样一个萧瑟的秋天……"

"是吗？"我放下手中的茶，看了她一眼。"赶走了宣统皇帝，可是现在……又有人想当皇帝啊，好像是那位'袁大帅'啊……"

她脸色突然变得煞白。

我别过头去，在垂死的骆驼背上放上最后一根稻草。"你说周先生在去年过世……可是，这已过去了不知多少年……"

"况且，周先生也不是由于风寒而死的！"我步步紧逼。

她伏在桌上，身体不断颤抖。半晌才抬起头来，问了一个不相关的问题："请问，您去国外读过书吗？"

"在日本读过几年。"我承认。

"那么……为什么他一回来，他的心就变了呢？"她低低地呢喃，"他回来就说什么君主专治是祸根，说要逼清帝退位……这是杀头的罪啊！我知道他要'自由'，要'民主'，但那些……让别人去做不行吗？

为什么非要自己……要自己……"

她哽咽了,再也说不出话来。

"有些事,总要有人去做。"等她平静下来,我对她说。"有些人,天生就是这样的啊……前面是山,我们就翻山;前面是河,我们就渡河;前面是皇宫,我们就开炮!"

就像周公子、就像方二少,就像……我。

红叶落下,他的生命消失了吗?不!没有成千上万的片片红叶,又怎么有万山红遍、层林尽染!即使被踩入土中,零落成泥,也要化作春泥更护花。

有些人的生命价值,只有在肃寒的深秋中才得以体现!

"原来如此……我明白了。"她点头,语调是从未有过的空灵。我愕然望去,却看见她的身体在渐渐变得透明。"我要去找他了……谢谢!再见!"

我所见到的是一个踯躅在秋季里的灵魂……

走出空寂的院子,一片红叶拂过我的脸。我捡起它,抚摸着上面的纹路,仿佛看见叶片下的红色在延伸,染红了我的生命,染红了整个天空,向着整个中国不断地延伸……

看万山红遍、层林尽染!

雨过天会晴

那些天其实也没有什么变化,至少在北平人眼中是这样。总是有似乎响不尽的枪炮声,时不时飞过撒下一地传单的日本飞机和报童边大声地喊叫着"号外"边挥舞的手臂。于是北平人也就维持着眼前的乱世繁荣。黄包车载着长袍马褂和洋装旗袍跑来跑去,跑过豆浆铺上空久久不散的蒸气,跑过抱着烟盒或当日报纸叫卖的孩子,跑过青石板一路的零碎,遗留下满街传单,花花绿绿的,让人想起杂货店里引得孩子驻足不前的洋糖——尽管人们也知道,那些外表光鲜的传单也不过是一张张糖皮,如果中国真像个贪吃的孩子一样咽下去了,还不定被里面的炮弹给炸成几块。

直到七月,那件事后,街上的洋车才少了些,人们才肯安分地待在家里,看着报纸上的"号外"消息,关注当局对日和谈的结果。

——那是 1937 年的 7 月,北平又迎来了一个五千年来一模一样的盛夏。所不同的是,这年,北平人知道了一件事,叫卢沟桥事变。

"千里刀光影,仇恨燃九城……"不远处,有人拉着胡琴,一板一眼地唱。老人的声音，无比沧桑。

片片传单从天空中落下来，秦政从头顶上拿下一张传单，无比厌恶地看着上面可用"胡话"二字概括的"东亚各国人民，和平共荣"云云，随手把它扔到一边。上前去向一边的报童要了一张报纸。在盛情推荐下，又要了一盒烟。

打开烟盒，装作毫不在意地点上一支，秦政缓步走进一条小巷，从香烟里抽出带有记号的一支，小心翼翼地磕去尾端的烟丝，剥开一点细看内里的字迹，动作流畅而纯熟。

"有需要接头的同志？在这个时候……"秦政低低地叹息了一声，混入街道上行色匆匆的人群中。

战争已经开始了，北平，还能安逸多久呢？

下雨了。

夏天，豆大的雨点从空中落下来，激起数点尘埃。街上几乎没有人了，只有偶尔可见一辆黄包车匆匆跑过，身后紫陌红尘拂面来，轰隆隆的雷声代替了枪炮声，听来竟让人感觉无比清爽。只是听不见那悠扬的胡琴声，似乎有点可惜。秦政闭上眼，低低哼着下一句："月圆之地人不归，花香之地无和平……"

"这雨，还要多久才会停？"一个无奈的女声打断了秦政。秦政偏头看她，那是新加入的同志，估计是女学生吧，有着满腔热情、一腔碧血，只是到底欠缺了点耐心。也是，他微微叹息了一声，因为动乱的时局，他们已在北平城里逗留了几日了。

"会停的。"秦政注视着天花板，像在说给女学生沈燕婉，又像在说给自己，"所有的雨都会停的。"因为纵使有乌云蔽日，纵使有狂风暴雨，只要坚持，只要信念不变，终会看到红日高升，金乌啼鸣。

——就像，那些猖狂一时的日本人和所谓的"大东亚共荣计划"……

沈燕婉沉默了一下，不知是否也想到了这一点，站起身来，提笔写了

几个字,递给秦政:"有缘相识一场,这个,就当作纪念吧。"

秦政低头看了看,笑了起来,字条上,是女子秀丽的字迹:雨过天会晴。

雨停了,胡琴也出来了,沈燕婉听着断断续续的"一腔无声血,万缕慈母情",一时心中五味杂陈。

如果没有这场战争,她、他,以及所有的中国人,命运都该是不一样的吧?她想得太入神,竟没有发现城里异于寻常的寂静。

秦政却皱起了眉头。前阵子响个不停的枪炮声怎么没了,指望日本人自己休兵无异于痴人说梦,毕竟人家大老远跑来可不只是为了欣赏卢沟桥上那些形态各异的石狮子。无论如何,先把沈燕婉送出城再说。他想着,加快了脚步。

"秦政,你看……"沈燕婉突然低呼出声。城墙下空荡荡的,不见一个中国士兵。北平的城门大开着,似在悲泣,又似在诉说着过去的无边荣华。

秦政停下,仿佛被一桶冷水当场泼中,不住地颤抖。

1937 年 7 月 29 日,国民党二十九军军长宋哲元撤离北平。北平,这座古都,这座东方的佛罗伦萨,沦陷了。

北平的八年暗夜,从这一刻开始。

"为雪国耻身先去……"谁,谁在唱?无比深情,无比神伤。

沈燕婉挣扎着坐起,马上被疼痛唤回了神志,一旁有人听到她疼痛的抽泣声,连忙坐过来,递给她一杯水。

沈燕婉一口喝干了水,渐渐地回想起了前因后果:出了北平……一路风餐露宿,饿殍满地……躲在一个村庄里……撞上一个鬼子小队……一村里人被盘问……然后呢?然后发生了什么,秦政呢?沈燕婉脑子里嗡嗡作响,却再也想不起来发生了什么了,只隐隐约约地记得,那人不苟言笑的脸上绽开了一丝笑容,对她说:"放心吧,雨过了,天终会晴的。"

旁边的人还在絮絮叨叨地说着什么"这次顺利完成任务……"她不由得打断了那个人,大声问道:"秦政呢,秦政在哪里?"

"小秦啊……"那人脸上露出一丝为难之色,"秦政同志目前……下落不明。"

沈燕婉不再听那一堆秦政的种种优点,无力地向后靠去。

说什么人生自古谁无死?不过是山河破碎风飘絮,身世浮沉雨打萍。

新中国成立后。

"重整河山待后生……"沈燕婉低声哼唱着,不知何时,她喜欢上了这首歌,闲来无事便要唱上两句。然后她就会不经意间想起那个失踪了多年的人。

"妈妈,妈妈……"一个虎头虎脑的小家伙蹦了进来,沈燕婉笑着抱起儿子,宠溺地问起他今天又到哪儿去疯玩儿了。

"才没疯玩儿,一个大叔叔给我讲故事呢!"小家伙挥动着胖乎乎的小手,"他还让我把这东西给你!妈妈,上面写的是什么字?"

沈燕婉愣住,看着纸条。纸已经发黄,起了毛边,但上面的字还是清晰的,沈燕婉指着那些清秀的字,笑着说:"这五个字,叫'雨一过一天一会一晴'。"

山高我为峰

"你觉得那首诗怎么样？"

"哪一首？"

"嗯……我记不清题目了。不过我记得其中的一句，好像是……'去吧，人间，去吧！我面对着无极的穹苍'……"

"是吗？嗯……听起来挺不错的……"

又失败了！肖林狠狠地把手中的一摞资料摔了出去。心里觉得不解气，正想冲上去再补上几脚时，尽职尽责的管家机器人早已上前，捡起、吞入、粉碎，原本散发着油墨清香的、如今已很少见的堪称工艺品的纸很快变成一堆化肥，去化作春泥更护花了。空留肖林对着洁净的地面干瞪眼，空有一腔闷气却无处发泄。

闭上眼，肖林向后躺倒，耳边又回想起父母的话："这个天才，十七岁在物理领域取得重要成就……"；"这个人发现了第112号元素'哥白尼'，符号为 Cn……"；"还有这一个人……"无论列举谁，不管是什么领域,最后矛头一定伴着责难的眼光指向他——你怎么就这么不成材呢?

越想越气,肖林干脆不再去想这些,拿起一旁的"虚拟幻境"播映器——一种可以让人身处"过去"的幻境中,从而设身处地地了解历史的技术。他随手按了一个时间点,进入了深深的幻梦中。

希望这次,不会再有那些世俗的烦恼……

"我又想起一段!应该是:'去吧,青年,去吧!与幽谷的香草同埋;去吧,青年,去吧!悲哀付与幕天的群鸦'……"

"我好像也听过这首诗。我去帮你查一下资料吧?"

"不用了……让我想想就好……"

肖林漫无边际地在街上游荡,只是个幻境而已,别人看不到他,他就可以放心大胆地对他人评头论足。一看那标志性的大长辫子和长袍马褂,他就知道他来到了清朝。

"清朝?也好。起码不会像23世纪那样,一群人逼着你往最高处爬。也不想想,山顶如果能站那么多人,怎么能称之为'顶'!每个人都有自己的路,一步步走好自己的路不是更重要吗?肖林愤愤地自言自语,沿途优美的风光一点儿也没有使他的心情变好,反而越来越糟。不知不觉他已来到了郊外,一座山挡住了他的去路。

鼓山?翻过这座山,应该就是海了吧?在那边,会有一片新天地在等着他。他努力使自己想些快乐的事。这时,一阵嘈杂的声音传来,切断了他的思绪,还没反应过来,便有一群孩子欢笑着穿过了他的"身体"。是附近私塾里的学生吧?肖林突然想起自己上学时被老师带领着春游时的事。他看了看那群学子。有些已经十三四岁,算是小大人了,努力做出成熟稳重的样子,但过于红润的双颊和不停乱转的眼睛还是暴露了他们心底的兴奋。肖林想起自己小时候无忧无虑的样子,不由得笑

出了声。随即跟着这群孩子,踏上了登山的路。

为什么要登山? 一位英国人笑着回答:因为山在那里!

走在一群吵吵闹闹的孩子中间,肖林却感到心情好多了。

"下一段。"

"什么?"

"去吧,梦乡,去吧! 我把幻景的玉杯摔破;去吧,梦乡,去吧! 我笑受山风与海涛之贺。"

"快背完了吧?"

"后面好像还有一段。但开头……我还是记不起来……"

一步,一步,又一步。肖林无聊地数着步子。当他数的步数被那群孩子突然爆发的笑声打断了三次后,他发现没有向上的路了——他们已经到了山顶了。

真没想到,自己只是低着头一步步走,居然这么快就到了山顶……肖林笑了笑,没发觉周围孩子的惊呼声已经消失了。他不经意地向前看去,却也被眼前的情形震撼住了。

山外,是苍茫的大海。潮平两岸阔,极目望去只能看见绵延不绝的波浪,在近处汹涌无比,一下下拍打着海岸。向远处看却是风平浪静,是看不见尽头的一片湛蓝,似乎与天空连接在了一起。秋水共长天一色,却有一点模糊的白影在海天交际处出现,隔得太远,看不清那是一只海鸟翻飞的双翼,是游子高高扬起的白帆,还是白云无心的倒影。不远处阳光灿烂,闪耀着刺痛了人们的眼睛,也给世间的一切都镀上了一层金边。纵使肖林已来到海边很多次,但每一次见面,他都会从心底感慨自然的伟大。那些孩子之所以不说话也是因为这个原因吧!

"给你们出一个上联。听好了——"一旁私塾的夫子拉长了声音说:

"海到无边天作岸——"

海到无边天作岸？鼓山？肖林一愣，向一旁看去，果然看见了闪闪发亮的"绝顶峰"三个字。他终于知道这是什么事件了！会有一个孩子对上这个对联。他姓林，叫——

"山登绝顶我为峰！"一个稚气却响亮的声音响了起来。小男孩挥舞着胖胖的手，眼睛却是锐气逼人的。"纵使山再高，我也会一步步登上去，然后让自己成为山的最顶端！"

成为山的最顶端——肖林的眼睛亮了。瞬间，他已经退出了"虚拟幻境"回到自己的书桌旁。随着他的命令，管家机器人把一摞摞刚被销毁的资料重新复原，送到了主人身旁，看着主人埋头于书堆之间，奋笔疾书起来——

山高我为峰吗？那好，我会一步步走好自己的路，直到到达我心中的山顶！我会让你们看见，什么叫天生我材必有用！

"要到结尾了吧？"

"去吧，种种，去吧！当前有插天的高峰；去吧，一切，去吧！当前有无穷的无穷！"

"找到第一句了吗？"

"还没……"

"我找到了哦。要不要猜一下呢？"

五年后，马尾罗星塔公园内。

肖林站在一尊铜像前。铜像手握宝剑，眼望前方，依稀还可以看出当初那个小男孩的影子。一旁有一副对联：海到无边天作岸，山登绝顶我为峰。雕像下方有七个镏金的大字：民族英雄林则徐。

肖林笑笑，看向手中的鲜花。就在不久之前，这双手里还拿着一张

荣誉证书、一个奖杯，还有父母欣慰的眼神。他不再去想这五年所做的努力，只是看着林则徐的塑像，静静地微笑。

我不知道我的山顶会在哪里，肖林默默地想着。但是起码我已经走出了自己的路，只要我这么坚持着一步步走下去，终有一天，我会成为自己心中的山峰吧？

肖林放下了手中的花，向外走去，缓慢却不停留，坚持而无所畏惧。在他的前方，还有更高的山峰在等着他。

山高且令我为峰！

"我查到了……你背的这首诗，是徐志摩的《去吧》。"

"第一句是什么？"

"去吧，人间，去吧！我独立在高山的峰上。"

"独立在高峰上吗……这倒让我想起了另一句话：'山高我为峰'呢。"

"是呀！所以为了能登上高峰，就要从现在开始努力呀！"

"好啦，我知道了……"

笑闹声渐行渐远，直至不闻。只有一缕阳光调皮地溜下来，打在了林则徐的塑像上，塑像旁一行字，简简单单，却充满了无限的热情与拼搏！

山登绝顶我为峰。

风雪夜归人

一、风·风萧萧兮易水寒

"采薇采薇,薇亦作止……"

"你在唱什么?"一旁的年轻人好奇地停下了挖掘野菜的动作,偏着头看向一边的老者。咿咿呀呀的苍老声音,配上似乎正从远古走来的奇妙歌词,成了少年为之沉醉的旋律。

闻言,正在唱歌的老者也停了一下,看向少年未经风沙磨砺过的脸庞,不由得笑出了声:"刚入伍的新兵吧?不知道《采薇》这首歌?"

少年微微窘迫地低下头,露出了十六七岁少年特有的羞涩与青涩的骄傲:"我……我是自愿来当兵的!胡人打我们,我就要去打胡人!大叔……您入伍多年,一定打过很多胡人吧?您教教我,应该怎么打?"

如此热切的语言换来的却是老兵的一阵沉默。良久,老兵才站起来,拍拍身上的泥土,拿起野菜站了起来:"不早了,去休息吧,说不定,明天就要打仗了!"

"大叔……"少年失望地叫了一声,心不甘情不愿地小步走回军营。

老兵突然打了一个寒噤,风冷了,又要打仗了吗?

二、雪·朝如青丝暮成雪

已是夜半时分,老兵却难以入眠。

"我,我要去打胡人!"不知怎的,少年犹带稚气的声音闯入了他的脑海,与之一同回响的,还有另外几个年轻但热血的声音——老兵年轻时同伴的声音。

少年不知愁滋味啊……老兵叹气,有多少少年曾因那几句"万里赴戎机,关山度若飞,朔气传金柝(tuò),寒光照铁衣"而心潮澎湃热血沸腾?但有多少人记得下两句"将军百战死,壮士十年归"?已经记不清,来到这儿有多少年,只知道薇菜一年接一年地疯狂成长,长了再挖,挖了再长。而自己的头发却像故乡的土地一样日益荒芜,被朔方的大雪染出边塞苦寒的白色。那些年少轻狂的岁月,就这样慢慢地堕入时间的深渊,再也无法挽回。冰冷寂静的荒原上,只有一块名为"战争"的巨石轰隆作响,滚动不已,誓把所有接触到的东西都粉碎为轻尘。

昔年的那些老战友,如今剩下的,也只有自己一个了吧。

老兵突然觉得胸中烦闷,悄悄走出营地,到了挖野菜的山坡上。

"采薇,采薇,薇亦柔止,曰归曰归,心亦忧止。"

老兵微微叹息,看向远处,有光……是萤火吗?多好啊……让他想起,他再也回不去的……那小桥流水人家。

不对!老兵霍然惊觉,朔北苦寒之地,哪儿来的萤火?若不是萤火,那就是……

他一跃而起,用今生最大的声音向军营叫喊:"起来!快起来!胡人劫营了！"

三、夜·夜阑卧听风吹雨

他知道自己在家里，因为只有家才会这么温暖，父亲砍柴用的长刀还放在桌上，弟弟妹妹在桌旁嬉戏，远处炊烟袅袅升起……这一切太美好了，美好得让他只想永远沉醉在梦中，不复醒来。

可惜，刀光不依不饶地撞进来，打碎了少年的梦。少年眼中几欲喷火，一把抓起枕边长矛，冲了出去。

壮志饥餐胡虏肉，笑谈渴饮匈奴血。

壮岁旌旗拥万夫，锦襜突骑渡江初。燕兵夜娖银胡簶，汉箭朝飞金仆姑。

胡贼，你毁我家园，伤我族人，我必向你们宣战，不死不休！

"被激出杀意来了吗……"老兵正与敌人奋战，突然看到少年熟悉的身影从一旁掠过，少年的脸上已满是血污，但牙关紧咬，眼睛里满是不服输的光，完全没有日间纤弱少年的影子。

"像一只狼崽子……"老兵被突然冒出的想法吓了一跳，继续专心迎敌。

战争这东西，可以把人变成鬼，把鬼变成人。

解决掉了一个敌人，老兵喘着粗气，眼角的余光却看到了一支箭，带着死亡的气息，直直地射向少年……

当时在想什么？也许，什么都没想吧……老兵就这样扑了过去，用胸膛迎接了死神。

"大叔——"

四、归·式微式微，胡不归

"什么时候才能回家？"

"快了吧，你看，那薇菜的茎叶已经老得发权了……"

为什么，眼皮会这么沉重？平日灵活的手指，现在连动一下都重逾千斤。曾经近在咫尺的厮杀声，现在远得像是另一个世界的声音。有水……那似乎是少年的眼泪吧？

"傻孩子，哭什么哭！不知道男儿流血不流泪吗……"老兵迷迷糊糊地想着。

"大叔……大叔您醒醒啊……我们赢了……胡贼被我们打跑了……"

"打败他们了吗……真好……可是，他们重整旗鼓后……还会再来吧……"

"战争……什么时候才会结束呢……"老兵近乎呓语的一句话，被一旁忙着为老兵处理伤口的少年听见了，少年急急地劝慰着老兵："马上就要结束，再也不会有战争了，我们……可以回家了……"

"可以回家了吗？"老兵已混沌一团的脑子想着，"昔我往矣，杨柳依依，今我来思，雨雪霏霏……真是美丽的句子。"

手，无力地垂下，再也不顾少年悲痛的呼喊。

归去来兮，田园将芜胡不归？

五、人·风雪夜归人

年关将至，火红的颜色映红了冰雪，喜庆气氛在小小的镇子里传扬。

"我们胜了,我们胜了! 再也不用打仗了⋯⋯"

"太好了! 太好了! 我爸爸回来了⋯⋯"

几个孩子欢笑着跑过,却不小心撞到了一个路人身上,孩童惶恐地道歉,来人却只是笑着摆了摆手,摘下了避风的兜帽。露出的脸已被岁月打磨出了棱角,变得精明,不复从前的稚嫩,昔日的少年目送着孩童远去,抬起头,眼中有星光在闪耀。

十年了⋯⋯十年的努力,和平,终于到来了。

"我们都可以回家了,大叔!"

他默默地走上山路。雪纷纷扬扬地落下,湮没了他的足迹。

日暮苍山远,天寒白屋贫。

军人站在久违的家前,历经厮杀的手,此时竟不敢推开那薄薄的柴门,手中的兜帽,也似乎有千斤重,重得让他拿不住。

一旁的茅草屋内,突然蹿出一条狗,对着他不停吠叫。随即,柴门被推开,一个十四五岁的小姑娘揉着眼走了出来,看到他,突然愣住,然后带着一脸狂喜冲进门去边跑边叫:"爹娘! 哥哥回来了! 哥哥回来了⋯⋯"

军人笑笑,心中似乎突然有一块大石放下。他抬腿,走进了家门⋯⋯

柴门闻犬吠,风雪夜归人。

风雪,夜归人。

玉溪雨落

　　最初，是不知从何而来的一滴、两滴，然后渐渐开始呼朋引伴，在人们恍然惊觉的时候，它已密密地交织成一张倾斜的网，淋湿了秋虫的鸣叫，打断了金菊的绽放，也送回了少年飘摇的思绪。

　　"啊……"听到沙沙的雨声，坐在窗前的少年公子有些茫然，但随即孩子似的伸出手去，想抓住那一丝突然降临的秋色。

　　"是秋天的气息呢"，桌对面传来一声笑语。

　　少年猛然一惊，随即讪讪地收回手，忘了此地是长安的一处酒楼，而不是自己千里之外的家园。他红着脸，手忙脚乱地把面前散乱的诗集和酒杯收好，对面的中年男子见状，只是微微一笑：又是一个怀抱梦想来到长安的小家伙呢。曾几何时，自己也曾和他一样，怀揣才华与梦想，从遥远的家乡孤身来到大唐国都，深信江山会刻下自己的传说。

　　"先生？"少年微有些拘束地看向这边。

　　"啊，没什么。"中年人把玩着酒杯，视线似乎透过雨帘传到了很远的地方。

"只是……看到这连绵的秋雨，突然就想起一些以前的事来了。"他看向少年，"可愿一听？"

"幸甚。"

一、秋阴不散霜飞晚

你可遇见过待你至亲至诚的人？在他面前你完全不必拘束，因为他会完整地理解你的每一个意愿，即使不赞同，也会微笑倾听而不是拂袖离去。在他面前，你会觉得你永远是个孩子，因为你犯的一切错误，他都会为你指正，仿佛天绝地灭之境，只要他来了，就可以拯救所有的人，即使你已被生活磨得伤痕累累，已被命运伤得体无完肤，但只要有他在，你就有了可以依靠的地方，有了可以慢慢抚平伤口的家。是的，我遇见过，那个人，就是我的表叔。后来我也会想，我和表叔之间，说是父子情更恰当一些吧。他会教我诗词歌赋，引荐我步入仕途，那时我总会觉得，他是那么强大而才华横溢，就像我心中的支柱一样。

然后……突然有一天，这根支柱塌了。

悲伤？有一些，不过那时更多的，应该说是茫然吧。不相信他会离开，因为在我心中他是如此强大，身边的悲伤和绝望一定都是幻觉，表叔会醒过来，带我去长安郊外的骆氏亭中看荷花，会为我把生命的幕布完全拉开，会因我的喜悦而喜悦，因我的悲伤而悲伤，最后他会儿孙满堂，幸福地颐养天年，而不是像这样，孤零零地死在一个更夜。

如果人的悲伤真能感动上天，那为什么他还会离开？

花谢了，来年还会再开，可我的亲人去了，却再也不会回来，而我，只能徘徊在记忆中，一遍又一遍地背着表叔临去的遗篇："臣闻风叶露花，荣落之姿何定；夏朝冬日，短长之数难移……"

后来，我去了一次骆氏亭，那也是一个下着细雨的秋季，可荷花的头早已低垂，荷叶也已奄奄一息。它们，正在雨中一点一点地枯萎下去，走进寒冬，正如英雄迟暮，红颜白发，虽然悲伤，却无可挽回。身旁有瑟瑟的秋雨和风吹竹梢的声音，可没有了亲人的气息。

我为失去父亲的二位表弟写了一首诗，虽然渺小，但这是我唯一可以为他们做的事。

"秋阴不散霜飞晚，留得枯荷听雨声。"

"节哀！"少年抬头，看着桌前的人。

"已经不会那么悲伤了"中年人自嘲般地笑笑，"毕竟已过了二十多年……"我第二次写秋雨，是在我已过而立之年的时候。

二、茂陵秋雨病相如

鲜花怒马，琴剑江湖——每个少年都会做过这样的梦吧。梦中，会有惺惺相惜的朋友，可以同进退共荣辱，可等到慢慢长大时，梦便会破裂了——那时，我与我的朋友，我恩师的儿子已断交数年。

你问我为什么会与他断交？是因为彼此的理念不同吧，你应该也听说过牛李党争吧，他是牛党中人，我却同时与牛党、李党之人来往，受到双方排挤也是当然。

他也曾劝我多与达官显贵结交，但我当时年少气盛，只觉众人皆浊我独清，不愿与他人同流合污，后来就慢慢疏远了，再见时，地位已是云泥之别。

原来再好的友情，也抵不过时间的风沙，权势的玩笑。

可当家母去世时，他竟写了信来安慰。

我当时心中的欣慰几乎无法形容，我认为，在他心中，我们仍是朋友,仍可以像少时一样谈天说地,一起玩笑。

人生若只如初见,可惜,人生往往回不到初见。

同时我又十分羞愧,因为我当时正如同因病免官的司马相如,曾在梁园中受到那样的知遇和提拔,如今却只能守着茂陵一样,独自继续着没有希望的生活。

于是,我为他写了信,一封又一封,信中毫不掩饰地倾诉积郁和苦闷。

其中有一句话,我记得是这样的:

"休问梁园旧宾客,茂陵秋雨病相如。"

"那些信呢?"少年急急忙忙地探求着答案。

"没有,他一封也没回。"中年人笑得依旧温暖,但人们都能看出那脆弱的温暖下沉积的悲伤。"后来我去京城,他也不愿见我——我仍视他如兄如友,所有的苦痛与潦倒都愿意毫无保留地告诉他,然而,他已不愿再听。"

两人同时沉默下来,只有秋雨还在低吟浅唱,应和着两人。最终,少年打破了沉默:"还有第三次秋雨吗?"

"第三次啊……那时我已经老了。"

三、巴山夜雨涨秋池

你可体会过归心似箭的感觉?我有这种感觉,是在从梓州回长安的路上。

那时我收到一封信,信上只有寥寥五个字:何日是归期?信,来自我的妻子。

何日是归期?何日是归期?巴山的夜雨连绵如丝,阻断了归家的

路，也阻断了我望向她的目光，窗外一树碧之情，秋雨凄冷淅淅沥沥，提醒我的皆是旅愁。唯有蜡烛有心，替人垂泪到天明。

秋雨交织着理不清的思绪，剪不断的愁，恰似最苦涩的眼泪，在万籁俱寂的夜里慢慢滑下，冻结了人的心，可我没有彩凤的双飞翼，无法冲破雨的藩篱，我只能默默地等待，等待天空停止哭泣，等待我归家的那个日子。我知道，那时，她一定会站在门口，苦苦守望。到那时，或许我们会回忆起今日的愁苦，但那又如何？那时，所有的忧愁都已远去，所有的苦闷已成为回忆，剩下的，只有未来的欢聚。

"君问归期未有期，巴山夜雨涨秋池。

何当共剪西窗烛，却话巴山夜雨时。"

中年人微微把头向后仰，似乎还沉浸在对往日幸福的回忆里，突然，他似乎想到了什么，神色微微一黯，随口吟出了一首诗：

"曾经沧海难为水，除却巫山不是云，取次花丛懒回顾，半缘修道半缘君。"

那是元稹悼亡夫人的《离思》。少年微微一凛，张嘴想说些什么，却不知如何开口，只见对面的中年人用手指蘸着茶水，无限惆怅地写下了两句话："此情可待成追忆，只是当时已惘然。"

少年还未来得及开口劝慰，就听见身后有人急急忙忙地跑来，对他们传递着一个消息：玉溪生，去了。

"玉溪生？可惜……又是一颗文星的陨落啊。"少年把刚转过去的脸扭了回来，"先生说是不是？"

"先生？"对面已空无一人，只有一只蝴蝶扇了扇翅膀，飞出了窗外。

少年微微地叹了口气。

刚才就已经发现了吧，从那个中年人的回忆中，已经可以听出他是在指早已故去的崔戎和时任宰相的令狐绹，而那几句诗，更表明了他的身份——李商隐,字义山,号玉溪生。

陨落在怀州的玉溪生。

庄生晓梦迷蝴蝶……自己就像,用了一朵花开到花落的时间,做了一场大梦,在一场秋雨的缠绵中,了解了一个人的一生。而今,蝴蝶已随杜鹃飞走,仅剩颤抖的弦,一声声诉说着曾经惘然的华年,少年苦笑。

手中盏倾斜,美酒落地,迅速地渗入地面,少年再次敛眉一叹。

义山兄,我敬你。

少年收好满桌的诗集,抬步走向外面,耳旁似有风声过耳,一遍又一遍地叹出对诗人之死的悲痛:

"虚负凌云万丈才,一生襟抱未曾开;

鸟啼花落人何在?竹死桐枯凤不来!"

少年走出酒楼,猛然惊觉,窗外绵长的秋雨已经停了。雨过天晴,越发显得天高云淡,秋意已经浓了呢。

第三辑

初中小说卷

大山之后

我曾无数次在光明与黑暗交汇时仰望夕阳,那时太阳早已没有了正午的火热,残存下来的只有橙红的一抹温柔而已。我和它痴痴地对望,任它为我披上金色的锦袍,在我身后铺陈出长长的黑色影子。可是很快,这抹温柔就落入了山的那一边,残存的只有几片镶金的云彩,零落地向山那边滑动,仿佛要去追寻刚才那美好得近乎不真实的一场梦。

没有人知道山的那一边是什么,就连村里最年长的太婆婆也不知道。

"囡呀,别再想那座山啦。"太婆婆坐在缓缓摇动的摇椅上对我说,"没有人翻过那座山的……那太危险,而且,又有什么意义?"

"危险吗?无意义吗?"我看向那几片追寻梦想的云,它们孤单地映在空中,但却散发着梦幻的诱惑。"不,你要相信自己!"我听见自己说。

我开始收拾东西,不顾他人的恶意嘲讽和冷言冷语。这一次,我不想顾及他人的看法,我只想……翻过那座山。当摆脱他人的劝阻来到山脚时，我竟莫名地松了一口气，仿佛自己已翻过了一道虚拟的山似的。

我开始攀爬，为了心中的那一场梦，为了那一个永恒的希望，不带什么，只带勇气，不留什么，只留决心。

很危险吗？是啊，神秘的大山时刻都在威胁着我。我听见过不知名的野兽在深林中向我低声咆哮，遇见过瓢泼大雨倾盆而下，汇成山洪冲刷着我刚刚走过的道路。山石滑落，树木倾倒，仿佛都在警告我："你回去吧，你翻不过这座山的！"幸好，勇气始终陪伴着我，为我披荆斩棘。

很艰难吗？是啊，一个人走在深山里，孤孤单单，没有朋友。立在悬崖峭壁处，没有人可以伸出援手，只能独行，偶尔有鸟雀飞过，叽叽喳喳的声音好像在嘲笑我的鲁莽和不智，把我往家赶，但决心一直陪伴着我，为我遮风挡雨。

不知过了多少天，当我又登上一个小山丘时，一个全新的世界在瞬间照亮了我的眼睛：一条宽阔、平坦的公路在我面前展开，仿若通向不可知的未来。公路上方，那抹温柔的夕阳正对我微笑，笑容比以往更灿烂。

——我翻过了那座山！

阳光毫不吝惜地撒下笑容，我看着山的这一边，心想：其实每个人都可以看到这样的景象吧——只要你有足够的勇气和决心，敢于翻越心中的那座山，你就会看到一个美好的未来在对你微笑。

在山的那边，阳光格外温暖……

歌唱，在夏日

我只为三年的努力，能换来一瞬间的辉煌。

——题记

自从我记事起，我的眼前就是一片黑暗，耳边是无休止的挖土声，沙沙、沙沙……

我是一只蝉的若虫。从我出生后，我就一直深藏在泥土里。周围是千千万万的同伴，和我一样，四处挖掘，吸食着树根甜美的汁液。

时间在不经意间一点一滴地流逝。我千万次睁开双眼，触手可及的地方却永远是黑暗、潮湿和冰冷，沁入骨髓。

我活在这世间终究是为了什么？我迷茫地想着。

"是为了见到阳光。"一只年长的若虫回答我。

阳光？阳光是什么？它在哪儿？我焦躁不安地扒着土。

"阳光在土地之上。它非常温暖，是万物生命的源泉。当你爬出地面后，如果你能爬到树上，并经过蜕皮，你就会摆脱这丑陋的躯体，成为一只蝉,从此歌唱于夏日中,翱翔于阳光下。"

是吗?那么,我一定要钻出地面,变成一只蝉,快乐地在阳光下歌唱!我兴奋地用后腿扒着土。

"没用的,孩子。"老者缓缓地说,"你要用三年,甚至更长时间才能爬上地面。就算爬了上去,也不一定蜕皮成功。并且,如果你真成了一只蝉,你就只剩下七天的生命了。"

"有这时间,还不如去探索哪个树根的汁液更美味呢。唉,现在的年轻人哪……"老者爬走了,只留下它那绵远悠长的叹息声,在我的洞穴里久久回荡。

当天,我做出了一个决定。

从此以后,当同伴们玩乐的时候,我总在向上挖土,向上攀登。

许多同伴都笑我傻。但是,被嘲笑又如何?只要能在夏日里尽情歌唱,我为此无怨无悔。

饿了,喝口树汁;累了,休息一会儿。其余时间,我都在不断地向上爬,向上爬。

一天,又一天……一年,又一年……

不知过了多少个日夜,我感觉我的身体越长越大,背部也出现了一道黑色的细小裂纹。同伴已经没有了,只剩下我这个孤独的攀登者。

有一天,我感到头顶的土壤变轻了。我小心翼翼地伸出前爪一挖——

顿时,明黄色的光芒射入了洞穴,晃得我睁不开眼睛。我变得兴奋起来,迅速钻出地面,爬上树干……

但这一切,都还没有结束。

没多久,我背部黑色的裂纹已经成了裂缝。我知道,我要开始蜕皮了。

我挂在树上,垂直面对树身。我感到一阵撕心裂肺般的痛。但我努

力忍着,使出九牛二虎之力把我的身体从外壳中拉出来。冷汗从我的额间涔涔而落。

天亮后,我惊喜地发现自己拥有了一对如薄纱般透明的翅膀!我唱着歌,扑进炎热的夏日……

我只为见到阳光。

我只为能在夏日歌唱。

我只为三年的努力,能换来一瞬间的辉煌。

彼岸花开

太阳又缓缓升起,照耀着这座疲惫的城市。有些人已经起了,有些人却刚刚结束了通宵的派对,沉沉睡去。

灯红酒绿,夜夜笙歌。这个城市就是这样,高傲、冷漠,却又苍白而疲惫。每个人都尽情挥霍着自己的生命——为什么不这么干呢?人生得意须尽欢。何况,即使得了什么病,不还有克隆人吗?

而这些,仅是城市的一角。

在城市的另一角,却是截然不同的。宛如黑和白的反差。这里的一切都是静谧的。黑色的铁门,黑色的大楼,似乎一切阴森恐怖的形容词都汇集到这里,组成了这些大楼。这儿,就像欧洲中世纪的邪恶城堡。不同的,只是这儿没有英俊的王子、勇武的骑士与美丽的公主。

有的,仅仅是一群克隆人而已,像牲畜一样被圈养着,必要时会被杀死、切除器官以换得"本体"一命的克隆人。

多少年了,自从人类克隆出"克隆人"以后,就一直把他们当奴隶看待。对他们不曾怜悯,他们亦不曾反抗。仿佛这一切都是天经地义的事,就像太阳每天东升西落一样。

而太阳,却把光平等地撒到世人身上,撒到霓虹灯上,撒到黑铁楼上,也撒到院子里的一朵朵花上。花红艳似血,分外妖娆。

此时,在花丛旁,却有一个少女探头探脑,确定四周无人后,她便欢喜地探过身去,想摘下一朵。

"请不要摘。"少女身后,突然传来一个声音。

已经晚了。在"请"字出口的时候,一朵花已经被摘下,少女惊慌失措地回头,却在看到来人的时候惊得说不出话来。

好美的女子……所谓的倾国倾城,就是这样吧? 只可惜……

目光向下移去。手腕上的烙印"1016"暴露了来人的身份,也是个克隆人吧?

"你为什么要摘我的花?"

"我认为它们是野生的……"少女声如蚊呐,毕竟是自己的不对。"我觉得它们很漂亮,想摘一朵……"

"算了。"来人的语气也轻柔下来,"以后请不要再摘了——草木有本心,何求美人折?"

"嗯,谢谢,我不会再摘了!"少女高兴地笑了。对与自己年龄相仿的来人鞠了一躬。能得到这种火红的花,她很高兴。

"请问这种花叫什么名字?"

来人本来想走，闻言停下脚步，微笑着看向少女："它叫荼蘼，又叫曼珠沙华，也被称作彼岸花。"

"我可以常来看它们吗？"还有你。少女在心里加上一句。不知为何，她对这位素不相识的女子很有好感。

"可以。"女子转身，宛如森林里的花魅，消失在花丛中。

真是个奇怪的人呢……少女捧着曼珠沙华，笑了。

接下来的日子依旧平淡如水，除了少女有了女子这个朋友外没有任何改变，做完每周的例行体检之后，少女又到了曼珠沙华丛那里。

"一直没有问，你叫什么名字？"1016 回头，问坐在花丛中的少女。

"1037"少女马上回答。这个数字她已经烂熟于心，教官就是依靠这些编码把她们区分开的。

"我问的是名字，不是代号。"

"呃……克隆人没有名字呀！"少女瞪大了眼睛，"只有人类，才会有名字。"

"人类和我们有什么不同吗？只要在他们手腕上烙上代号，他们也会被看作克隆人。"

1037 实在不能理解 1016 的话，在她从小被灌输的思想中，人类就是神、是天。她哪听说过这种离经叛道的想法？1037 不敢再继续谈论下去，只得小心翼翼地问："那么，你叫什么名字？"

"我？"1016 笑了笑，抚弄着曼珠沙华，"我非常喜欢彼岸花，所以我叫……荼蘼。"

"是吗？很好听啊！"1037 想了一下，"那么，我就叫沙华好了！反正也是彼岸花的名字。"

"可这，并不是真正的彼岸花……"荼蘼的声音小小的，一下就被风声淹没了……

"沙华，你讨厌这里的生活吗？"再次见到她时，荼蘼轻轻地问。

"还好啊！最起码无忧无虑的。"

"沙华,你有没有想过当你的'本体'有什么意外时,你就要被杀死?"

"那有什么办法? 这就是我们克隆人的命啊。"

"什么命! 我命由我不由天!"荼蘼的声音突然凌厉起来。"沙华,你就没有想过要获得自由吗?"

"什么?"听见这大逆不道的言语,沙华连忙捂住荼蘼的嘴,还紧张地向四周张望,生怕附近有人类管理员。

"自由! 沙华,自由!"荼蘼拉开沙华的手,"为什么我们就不如人类? 为什么我们就不能得到自由? 为什么我们没有幸福? 为什么?"她大叫着,最后几乎狂吼起来。

沙华觉得,现在的荼蘼已不是自己认识的荼蘼了;她不禁瑟瑟发抖。

"如果有可能,我希望我从未来过这个世界。"荼蘼镇定下来后,第一句话就是这个。她看向沙华:"很惊讶吧,听到这样的话? 其实,这都是一位哥哥对我说的。这些花,也是他留给我的。"

"沙华。其实你一直都没注意到吧? 彼岸花有一个特性:花开时叶落,叶茂时花不开。花与叶,生生世世永不相见。"

"你有没有觉得,它就像人类和我们呢? 我们永远不能和自己的本体相见。而本体的繁荣,却是以我们的生命为代价。为什么,我们只能是叶,而不是花? 人类和克隆人究竟有什么区别?"

"世人皆晓花美,但谁能看到叶的苦楚?"

沙华已经不会说什么了。她只会点头,心中,也对这个世界出现了质疑。

从小灌输的思想,慢慢倒塌,化作灰尘……

"其实这儿的并不是真正的彼岸花。"

荼蘼的一句话,让沙华瞬间愣住。

"什么？"脱口而出的问题，似乎心中的神祇受到了侵害。

"本来就是。"荼蘼淡淡地微笑，"彼岸花，是生长在黄泉路上、奈何桥边的往生之花。它仿佛烈焰，能烧尽一切污秽。如果是真正的彼岸花，怎么会被禁锢在这里，没有自由？"

"我一直，想做一朵真正的彼岸花啊……"

荼蘼飘然而去，只留下沙华站在原地，看着一珠珠曼珠沙华，红烈似火，浓艳似血。

沙华是带着焦虑睡下的。她总觉得，今天有些不寻常，她总觉得，在荼蘼身上，会发生一些事。

警车的号叫声划破天空，把沙华从浅眠中拉出，她焦急地跑出门外，只看见荼蘼花摇摇欲坠，似乎要枯萎。几片花瓣掉落，被碾作尘土。

零落成泥碾作尘，只有香如故。

而地面上红红的，又是什么？

它缓慢地流散开来，就好像，一朵巨大的彼岸花呢……

空中，人类管理员不带任何感情的声音响起："克隆 1016 妄图逃脱，已被当场击毙。"

1016，久已不被提起的代码、陌生的数字，而这冰冷生硬数字的主人，却有一个温暖的名字——

荼蘼。

是真的吗？

荼蘼，已经，死了？

血液流过来，染出一片鲜红，把沙华的手也染红了。

沙华痴痴地看着血红色的手，突然笑了——

荼蘼，我看到了彼岸花了呀……

它，真的很美……

荼蘼，这朵花是你变成的吗？呵呵，一定是的。因为你们都很美呀……

茶蘼，你说过你也要做花，对吧？现在，你终于实现愿望了。还是最美的彼岸花，我真的很羡慕你，什么时候，我才能这样美呢……

茶蘼，现在你自由了，对吧？你会去书中讲的各种地方游历吧？不要忘了给我讲一讲沿途的风景趣闻……

茶蘼，你会去烧尽所有的污秽吧？那时，人类和克隆人会和谐地生活在一起吧……

茶蘼，再对我笑一笑吧……

四周残破的花瓣重又展开，组成美丽的彼岸花，包围住沙华。

沙华哭倒在花丛中。

她知道，茶蘼是不会再回来了。她已经变成了一朵彼岸花……

从此，在沙华的脸上，也多了一份淡淡的忧伤……

少女的天真，已然远去……

铁楼内，一丛丛彼岸花还顽强地开着，只是照料者已不是茶蘼，而是沙华。

茶蘼……我会接受这焰之传承，将自由、平等的火焰一代代传下去。

阳光照射下来，一朵火红色的彼岸花缓缓绽放。

银星满天

"繁星,你知道吗,星是世界上最美丽的东西。"

——题记

一

我叫繁星,蛾之帝国的三公主。

据父王讲,在我出生的那一天,夜晚的星星特别多。其中有一颗最亮的星星在众人的注目下,飞到了宫殿里,在王后的卵上方写下了"繁星"两个字,最后落到了王后的卵中。于是,我出生了。

也许是因为那颗星的力量。自出生起,我就天赋异禀,魔力超过了所有的人,包括我的父王。而那"繁星"两字,则一直闪烁在宫殿里,经久不息。

二

"繁星,你知道吗,星是世界上最美丽的东西。"

我的大哥——旭日遥望着星空,缓缓地说出了这句话。

旭日是蛾之帝国的大皇子,人们都说大哥十分孤僻,但父王偏偏最喜爱他。这让我的二哥——皓月十分妒忌。但不知为什么,我总是很喜欢大哥。

大哥和我一样,喜欢满天的星斗。而其他族人却不这么想。他们认为星星暗淡无光。他们喜欢火,明亮而温暖的火,以及炽热的太阳。他们对火的热爱超越了一切,甚至不惜牺牲自己的生命。所以,看见火时,他们总会不顾一切地扑上去。父王如此,皓月也是如此。

而大哥喜欢星。从小到大,我不止一次地听他说:"繁星,你知道吗,星是世界上最美丽的东西。"说这句话的时候,他总是抬起头,望着夜空中的星辰,然后摇头叹息道:"为什么我不能成为其中一员,发出灿烂的光芒? 为什么?"

三

"繁星,我见到蝴蝶了!"大哥向我飞来,说。

"什么?"我吃了一惊。蝴蝶总在白天生活,而蛾之帝国的规矩是:昼伏夜出。所以我们总是无法见到蝴蝶,只从老人的口中知道蝴蝶的故事,再一代代地传下去。我们羡慕蝴蝶多彩的翅膀,但蝴蝶却视我们为仇敌。

旭日告诉我，蝴蝶的翅膀果然很美丽。但是，它们终日在花丛中穿梭，却给人带来轻佻、艳丽的感觉。说这些话时，他脸上露出一种厌恶之色。

我摇了摇头，飞离了大哥。我想我还是喜欢、羡慕蝴蝶，羡慕它们美丽的翅膀。

四

又是一个星斗满天的夜晚。

人类都已入梦，但公园里的一盏盏灯还亮着。昏暗的灯光照耀着大地，让人感到十分寂寞恐惧。灯下，两只小小的蛾子正奋力往上飞。

我和旭日坐在灯下，凝视着满天繁星。长时间地沉默，因为我们都在欣赏星星。过了一会儿，旭日突然说："繁星，你知道吗，星是世界上最美丽的东西，你最喜欢星的什么？"

"清幽、素雅、美丽，那是一种超凡脱俗的美。"我和旭日异口同声地说。

旭日对我笑了笑。看来我们对星星的赞赏也一模一样。又过了一会儿，旭日沉声说道："从小，我的愿望就是去天上看看星星。所以，过一段时间，我一定会飞往天上，一定会的。"

他的声音在回荡："一定会的"、"一定会的"、"一定会的"……

五

大哥竟然让我和他一起去看看蝴蝶。

白天，我揉揉困倦的双眼，跟旭日飞了出去。炫目的阳光刺得我睁不开眼睛,我只好闭上眼,抓着旭日的手跟他一起飞。

过了一会儿,旭日停了下来,落在草丛中。我勉强睁开双眼,看见在前面的花丛中飞舞着一大群蝴蝶。但是,看见它们,我竟也觉得蝴蝶十分轻佻、艳丽。

这时,我听见上方有人在说:"你们是干什么的?"我回过头去,看见了一只蝴蝶。

我们被发现了。

六

听到这些声音,蝴蝶全都围向我们。

我用尽所有的魔力,击昏了几个蝴蝶,但这让蝴蝶们更加愤怒了。

在这千钧一发的时刻,旭日伏在我的耳边说:"你马上走!我用剩下的魔力送你出去。"

"为什么——"

"你是我的妹妹,也是我最好的朋友,我不想让你受到任何伤害。"

我还没有反应过来,就被大哥推了出去,不由自主地往家的方向飞去。我撕心裂肺地大喊:"大——哥——"

"繁星,你知道吗,星是世界上最美丽的东西。"旭日的声音从空中隐隐传来。

七

旭日再也没能回来。

这一段时间，我总像丢了魂似的，到处游荡，更多的时候，我总是独自坐在灯光下，看着星空。星空中总是浮现出旭日的脸，他俏皮地对我眨眨眼睛，说："繁星，你知道吗？星是世界上最美丽的东西。"

在不知不觉中，我早已泪流满面。

八

哥哥现在大概会成为一颗星吧！可他是哪一颗呢？我总这样想。

现在，我有了一个小妹妹，名字叫蛾云。几天前，我对她说："蛾云，你知道吗？星是世界上最美丽的东西。"

而蛾云嘟着小嘴说："姐姐真会骗人，世界上最美丽的东西明明是火，那么明亮而又温暖……"

从此以后，我再没跟蛾云说过一句话。

九

"浴火节"到了！

在这一年一度的节日里，我们总会燃起巨大的火焰。不少人都会被火所吸引，心甘情愿地走进去。这是我们国家最盛大的节日。

趁着点燃篝火混乱的时候，我悄悄飞离了这儿。我要去实现旭日哥哥的愿望——飞向天上，去看看星星。

我飞起来的一刹那间，看到了蛾云飞进了熊熊大火里。我不禁一笑，原来我们都是如此愚蠢，蛾云投向大火，而我，则是去实现一个不可能实现的愿望……

十

飞！飞！飞！

继续往上飞！飞！飞！

一刻也不能停。一停下来，就会滑落下去，就不会实现哥哥美好的愿望，所以，即使到死，也要飞！飞！飞！

飞呀，飞呀……可是，要飞到哪里去？哪颗星星才是哥哥所向往的星星？哪颗才是哥哥变成的星星啊？

飞呀，飞呀……飞得筋疲力尽。可是，回首一望，还没飞出几米呢！仰望星星，它似乎还是那么遥远。灯上看到的星星，怎么会这么远？我又怎么会飞得这么慢？

继续飞！飞！飞……

十一

我飞得一点力气也没有了。感觉自己在往下坠。眼前又浮现出哥哥旭日的笑脸。"繁星，你知道吗，星是世界上最美丽的东西。"他还在对我说话，只是哥哥，对不起，繁星没实现你的愿望，繁星要走了……

突然，空中降下一颗星星，稳稳地托住了我，带着我往上升。哥哥，是你来接我吗？

我躺在星星上。它散发着美丽、圣洁的光辉。星星的确是世界上最美丽的东西。

突然，我感到头一沉，随后，陷入了一个永远不能结束的梦境。梦境

中有哥哥明媚的笑脸。

哥哥,我们很快就能相见了……

暗月蓝苊

一

"天狗食日啦!"长老雄浑苍凉的声音传入我的耳朵里。我傻傻地抬起头来,看着天空慢慢地变黑,太阳也失去了原有的光彩,任凭一条黑影在它体内乱窜。周围的人惊慌地用敲锣打鼓,可是无济于事。

人群中突然起了一阵骚乱,但很快就止住了。我盯着人群的中心,是她——圣女蓝灵儿,我的母亲,明日族里唯一可以操控太阳的人。

母亲的脸色闪过一丝凝重,但很快又止住了。她喃喃自语道:"非得这样不可吗?"我们愣愣地看着她。只见她哀怨地看了我一眼,突然纵身一跳,落进了帐篷旁的悬崖里。在同一瞬间,我竟看见,长老的眼中闪过一丝欣喜……

天狗消失了,太阳回来了,一切都恢复如初,只是明日族,从此少了一位圣女……

二

我叫茕,蓝茕,生活在美丽的明日族。

我是个不祥的孩子,因为,我没有父亲。

明日族的人出奇地怕黑。他们只喜欢光明。而我居然不害怕黑暗,甚至对它有一种莫名的依恋。正因为如此,许多人建议把我驱逐出去,任我自生自灭。幸好,长老一直庇护着我,让我不但健康地长大,而且在十一岁时接替了母亲那自我八岁起就一直空缺的圣女位置。

长老要亡故了,这一点,我很久以前就知道,自从我出生时,长老就开始生病。而近期,他的病情更是加重了。

如果长老死去,那么长老的位置就由现任二长老接替。我很讨厌这位所谓的二长老,而他也从不正眼看我。不过,如果明日族的长老与圣女不和,那么明日族会变成什么样呢?

突然传来阵阵哭声,这表示长老已经亡故了。我想起了平日里长老对我的好,心底传来隐隐的疼痛……

三

我与莫愁的相识,是在我十一岁时。

莫愁比我大两岁,已十三岁的她,是我最得力的助手。

我常笑着对莫愁说,莫愁,在我的名字中,"蓝"带有忧郁的意思,"茕"更是孤独、忧愁的含义。但你的名字叫莫愁。我们应该是水火不相容的呀,又怎么会成为知心朋友呢?

莫愁也笑,但不说话,我们就这样肩并肩坐在火堆前,一直无语,直到太阳从东边缓缓升起。

四

"天狗虽然自七年前出现过一次后就没有再出现,但它的存在对我们来说仍然是个威胁,最好能有人去降服它。"我和莫愁以及一些德高望重的人坐在一起,听着现任大长老——昔日的二长老滔滔不绝地说着。

接下来就该提到我了吧,我不屑地撇撇嘴。果然:"我建议,让我们的圣女蓝荜去降服它。"

去就去。如果我不答应的话,长老肯定又会拉拢其他讨厌我的人,让我去完成更危险的任务。何况,这次任务虽然危险,如果成功了,就能为明日族的人除去一害,如果失败了,不正好可以为明日族除去一个"不祥之人"吗?

我站起来说:"我愿意去,不过,我要莫愁陪着我。"

五

"我真倒霉,怎么会交上你这么一位朋友,遇到这么一件事。"莫愁一边爬山,一边抱怨着。

我对她的抱怨置之不理,就算我没提出让她来的请求,她也会自愿跟我来的。

因为天狗食日时，总是从西边开始，从东边结束。所以我们推测，天狗一定住在西边，于是，我们来到了西边的括苍山，在上面开始搜索。只是苦了莫愁，每次都要她先上去为我探路。

六

工夫不负有心人，我们终于找到了天狗的洞穴。

天狗似乎也是人变化成的，洞穴里很整洁。可当我们四处搜索时，居然找到了一串……骨珠！这可是属于明日族长老的东西呀！前几天我还看到长老手里拿着一串呢，我可以肯定，这就是那一串！

"一定是这样的。"莫愁口若悬河地说着，"二长老就是天狗，所以他才会那么仇恨身为圣女的后代，又是新一代圣女的你。他这次让你来，也是打算偷偷地杀死你。"

"对，一定是这样。"我抓紧手中的骨珠，眼中射出兴奋的光芒。"莫愁，记住这儿，明天我们下山后把全族的人都带到这儿来，我要让长老，不，天狗原形毕露！"

七

全族的人都来到了这儿，举着火把将这儿照得如同白昼。奇怪的是，二长老并未有心慌的表现。

"蓝茸、莫愁，你们所说的天狗在哪儿？"长老威严地问道。

我张张嘴，刚想揭露他的身份，却突然收了回去——我看见，洞穴前出现了一个熟悉的身影，同时响起了一个雄浑苍凉的声音："我在

这儿……"

是大长老,早已亡故的大长老!

二长老的表情没有丝毫的惊讶,似乎早就知道大长老的身份。他看了看身后愣住的武士,做了个"杀"的动作。

"哈哈……"在这紧要关头,大长老居然笑了,而且笑得那么自信、那么爽朗。"你以为杀死我就完了吗?其实,还有一位天狗,她的灵力强于我,不,强于我们任何人的百倍以上。并且,除非她自我了断,否则,她是不会死的!"大长老的声音如雷鸣一般,"那就是你,蓝茞!"

八

我一时愣在了那里。天狗,我怎么会是天狗?作为一名圣女,我的灵力确实很强。可我……这时,大长老的话又响了起来,打断了我的思路。

"暗月族,你们还记得这个名字吗?"

二长老的身躯猛地颤了一下。

"是的,你们可能记不得了。那我告诉你们,这是一个同明日族同样古老的种族,天生喜欢黑暗。但是在几十年前,被你们明日族灭亡了!"他的声音因悲愤而微微颤抖。"我是族长的儿子,父亲在临死前,给十六岁的姐姐和五岁的我换上明日族的服装。姐姐躲到深山里隐居起来,我却被当作明日族人的遗孤带了回来,后来当上了大长老。但我心中一直忘不了我的血海深仇,忘不了我'天狗'的身份!"

"可这些……和我有什么关系?"我问道。

"你是我姐姐的孙女。生下你后,一场大病夺去了姐姐一家人的生命。于是我把你带回来,用灵力把你逼入圣女蓝灵儿的腹中。但自从那一次后，我就日渐衰弱，只能在此地休养。”

“你的名字是我给你起的。在暗月族的语言里，‘蓝’代表尊贵，‘茕’代表至高无上。你就是暗月族里至高无上的族长！二长老就是因为发现你体内有暗月族的血才仇视你的。”

“蓝茕，振作起来吧，我们将复活整个暗月族！”

九

“我马上给你答复。”片刻后，我低低地说。

一道冰蓝色的闪光穿透了大长老的胸膛。他倒下了，脸上带着不可置信的表情。

闪光绕了一圈后，回到了我手上。

这是我第一次杀人，第一次用灵力杀人。

我怎么也没想到，我第一次杀人，就杀了我最亲的人，杀了与我有血缘关系的人。

我的眼前，突然闪过大长老对我的种种的好。我蹲下身，哭了起来……

十

不知过了多久，我感到，有两双手同时搭上了我的肩膀。

“起来，蓝茕，一切都已过去，你仍是我们族的圣女。”这是二长老的声音。

“茕，别哭了，天狗一定是在骗你。”是莫愁在说。

我站起来，擦掉脸庞的泪水："你们真好，不过，我不能再待下去了。莫愁，好好照顾自己……"

"茧，蓝茧，你要干什么？"莫愁恐慌地大叫道。

我的身影如同一只飘飞的蝴蝶，向山下坠去。有我这个天狗在，你们永远别想得到安宁，黑暗随时都会到来。既然如此，不如让我做个了断。莫愁，别哭了，蓝茧永远是你最好的朋友，永远是明日族的圣女，永远是光明的使者……

我静静地躺在这儿，因为这儿，是光明待过的地方，因为这儿，人人都渴望光明……

光明，真好！

蔽日浮云

楔子

一道光线瞬间撕裂了宁静的水面，将光影投射到海底。海底没有一丝波澜，一些水草也只是静静地立着，拖着一块块碧玉或一颗颗珍珠。

然而，这海底宁静得有些异常。再往前看去，却不见自由游动的鲛人们，而是尸骨遍地的战场。死去的，皆是有着"全世界最美的种族"之称的鲛人们，圆睁的双眼，紧握的双拳，无不显示着亡灵们的悲愤。海底，撒落着无数的碧玉和珍珠，那是鲛人们的血和泪。

　　"他们……终于走了吗？"

　　没有回答。于是，从两块大岩石的夹缝中，跳出一个身穿华服的小女孩。那面容上虽然沾了血，头发也凌乱不堪，但仍可以看出那美丽的近乎妖艳的容颜。而身下的鱼尾又标志着其鲛人的身份。

　　小女孩恐惧地在尸体中寻觅，突然看到了两张熟悉的面容，压抑已久的泪水终于喷薄而出，扑到两人身上："父皇！母后！你们醒醒呀！"

　　其中一人微微动了动，抓住了小女孩的手："孩子，母后快不行了。你……会变成人吧？"看到小女孩点头，她笑了："那就好，和你哥哥一起去陆地上吧，忘……忘却这段恩怨。"

　　小女孩愣住了，她该如何告诉母后，她唯一的哥哥为了保护她，已经被人抓走了，她躲在岩石后，听见了士兵们的话："这小鲛人长得还不错，卖出去，能赚不少钱呢。"后来，她最亲爱的哥哥就被带走了，临走还不忘给她一个鼓励的微笑。

　　正恍惚间，她手上的那只手突然一松，小女孩打了个激灵，不可置信地看向气绝的母后，颗颗珍珠从眼眶里滴下，已隐隐带着血红色……

　　这一切，史书上一笔带过：

　　"……至丰朝厉帝，好大喜功，闻南海有鲛人，泪化珍珠，血化碧玉，令海王进贡鲛人美女，海王不从，帝大怒，逐灭鲛人一族。"

　　时年安平五年。

一

此时，正是阴雨连绵的秋季，潮湿的小巷内，一个人在痛苦地呻吟。他体下的血潺潺流出，汇成一条小河。

我坐在一旁的石头上，手指微微地动着，外行人是看不见我十指上那透明的引线。它似有似无，无限延长，却紧紧地连着我的偶人——阿溟。

平日里，阿溟只是一个再普通不过的玩偶。可在杀人的时候，它就成了一个恶魔，一个令人闻之色变的恶魔。

阿溟已达到和我心意相通的境界。有时，根本不用我动手，它自己就可以把对方摆平。

此时此刻，我一身黑衣，隐藏在夜色里，只有一双明亮而锐利的眼睛能证明我的存在。观看着战局，我的嘴角浮起一丝冷笑。呵，号称天下第二的剑客除恶也不过如此。

"你……是那个世上唯一的傀儡师芊妍！"那人气力明显不支，只是凭感觉向我所在的方向看来。

"在我杀的人中，你算是比较聪明的了，还能认出我是芊妍。"我似褒似贬地说，手指在空中画了个十字，正是威震四方的"十字斩"，"可惜，你无法再聪明下去了。"

看也不看地上的人，我挥挥手："阿溟，走吧。"转身消失在茫茫的夜空中。

二

丰朝，一个有着白衣飘飘的幻术师，手持魔杖的魔法师，以及英勇武士的国土。当然，其中也不乏蛊术师，还有我，丰朝唯一的傀儡师——芊妍。

阳城，丰朝最繁华的城市。

我在人群中行走，肩上的阿溟已经被我藏到了披风下，手上的丝线也变得更透明，唯一不变的是身上的黑衣。

其实，我可以带着阿溟，堂堂正正地穿过人群。不过，那样肯定会引来许多寻仇的人，以我的修为，完全可以把他们都杀死。我杀的人，大多数都是达官显贵，再不济也是个修为高的幻术师、武士。

这一切，让神龙见首不见尾的芊妍声明远扬。但见过我真正容貌的人少之又少——他们都死在了阿溟手下。可仍有许多人来向我挑战，就像昨天那个少年。

傀儡师，被称为"暗夜中的君主"。然而一山不容二虎，傀儡师只有一名。六年前，十四岁的我杀了我的傀儡师傅，成为新的暗夜中的君主，在杀自己要杀的人的同时也清理着一切敢于挑战的人。

就像昨天的那个少年一样，敢于向我挑战的人，全死在了阿溟的手下。

只是……心头还有一点疑惑，昨夜，在那个少年死后，屋檐上出现了一抹白，似乎是个男子。但我居然追不上他。看他的身法，他的修为应与我不相伯仲。

他是谁？

三

肩膀突然被重重地拍了一下，阿溟差点掉出来。"嘿，又见面了。"

我疑惑地看向面前的人，来人一身纯白的幻术长袍，头发随意地挽成一个结，扎在脑后。看着我迷茫的眼神，他嘴角的笑意更浓了，在我耳

畔轻轻地说："你不认识我了吗，芊妍，我叫洛玮，昨天，我有幸观看了你杀人的全过程。我想我需要你的帮助……"

我的脸色微微一变，阿溟在那一瞬间跃到了我手上。然而，他只是微微一笑，拿起了阿溟："我只是想借用一下你的力量而已。"

"如果我说不呢？"

"你不会说不，因为你也同样想杀那个人——蓝丞相，兵部侍郎林大人等人的死，只是你计划中的一步吧。你真正的目标，是丰朝的厉帝，不是吗？"

"我与厉帝，也有着不共戴天的仇恨，所以……"他把阿溟扔给我，"合作吧。"

四

厉帝……果真是昏庸啊。十几年前鲛人灭亡的那一战中，民众就已对年轻的君主心怀不满。各诸侯王早就蠢蠢欲动，打响了一场又一场战争。而今，厉帝还在寻欢作乐！

我不耐烦地轻哼一声。想来，厉帝还是怕被别人刺杀的吧，在后宫内布置了那么多勇士，可惜，修为太差。

身旁的洛玮仍然一袭白衣欲仙，丝毫不怕被别人发现。他手中的箫闪着幽光。难以想象，正是这个小小乐器，在刚才爆发了无比的威力，击杀了许多侍卫。

自从三个月前，认识洛玮以来，我对他的好奇感就日渐加深。这好奇感不是来自于他缜密的思维、杰出的幻术，而是因为他和我记忆中的那个人一模一样。记忆中温暖的笑容、卓越的幻术，以及……一样的名字。

五

接下来的一切早在我们的计划当中，我和洛玮从屋檐上跃起。我控制着阿溟，把厉帝附近的武士和美人都与厉帝隔开。而洛玮冲上前，一剑割断了厉帝的喉咙，然后我们在近卫军赶来之前匆忙离开。

我皱着眉，看向一旁飞翔的洛玮。他竟受伤了，是厉帝干的吗？更令我惊讶的是，有一滴血自洛玮肩头滴落，在落向地面的同时化成一块碧玉。

"你……是鲛人吗？"我脱口而出。

"是的。"他简短地回答，眉宇间却含着一丝不易察觉的忧伤。

"鲛人不是已被灭族了吗？"

"几个军人把我抓走了，想把我卖掉，可我逃了出来，不过……"他眼睛里闪烁着仇恨。"血债必用血来还！"

"所以，你才会那么仇恨厉帝吧。"我微微叹气，一时无语。

血又滴下来，但它这次没有凝结成玉，而是滴落到身下飞翔的阿溟身上，渗入它体内。

偶人抽动了几下，好像很痛苦。

六

当对黑衣傀儡师和白衣幻术师的通缉遍布整个丰朝时，我和洛玮早已躲到了一处偏僻的地方。

"因为你的缘故，我的名气更响了，根本就无法出去。"我苦笑着望

向窗外。

"你……已经不需要出去。"凌厉的剑气袭来,我连忙侧身避开,看向洛玮:"你干什么?"

还没等洛玮回答,阿溟的手已经伸了过来,光芒贯穿了我的胸膛,"阿溟,连你也要背叛我吗?"

"水能载舟,也能覆舟。"洛玮在我身旁蹲下,"你犯了一个最大的错误——没对偶人下血咒。这样,偶人就不会绝对忠心。而我,在刺杀厉帝的时候,就已经对阿溟下了血咒。那个伤,其实是我故意刺破的。"

"你……为什么要这样做?"

"因为你对我已经没什么用了,何况,"他眯起狭长的双目,"你不知道,我也是傀儡师,一国不可二主啊……"他向我的伤口看去,脸色却霎时变得苍白,"难道你是……"

七

"鲛人。"动了动已沉重无比的嘴唇,我补上了他没说完的话,顺着他的目光看去,我看到我的双腿逐渐变为鱼尾,血也变成了晶莹的玉。果然,鲛人在死前,无论变成什么样子,总会回复本相的。

"洛玮,洛玮……哥哥,哥哥……你还记得这个小时候拼命保护过的妹妹,芊妍——鲛人公主吗?当初,作为哥哥的你把生的希望留给妹妹。从此天各一方,不想再次相见,却是形同陌路。"

"我们是十几年前的那场大战中唯一存活的两个鲛人啊……"

"哥哥,我好怀念你的笑,那么干净而澄澈……"我的手抚摸着他的脸,"可以……可以再对你的妹妹笑笑吗?"

"好，好……芊妍，芊妍，我的妹妹……"他已泣不成声。

"哥哥。"我的目光移向窗外的天空，又恋恋不舍地回到洛玮的脸上。"我们鲛人生前活在海里，死后，便会化作最纯洁的云和风，飞到天上。只是……我只在海里生活了六年，又杀了那么多人，我还能变成云吗？"

"能，能……"洛玮机械地重复着。想尽各种办法给我止血，可无济于事。

一个冰凉的东西落到地上，是洛玮的泪吗？自灭族后，他就没再流过一滴泪了。

"那就好，哥哥，我要化成天上的浮云。以后，如果你看到有朵浮云遮住了太阳，不要忘了那就是你唯一的妹妹。"我笑了笑，笑容里尽是小时候的娇憨。眼皮好沉……我想睡……"哥哥，以后要好好活着，你是这世间唯一的鲛人了……"

我看到，在湛蓝的天空中，有一群透明的、长着鱼尾的人，是我的先祖！他们手拉着手，唱着那首哥哥最喜欢唱的歌：

"海的子女们啊，

请化作洁白的浮云，

在湛蓝的天空中，自由地，

游荡……"

后记

安平二十九年，厉帝受刺杀，驾崩，无子，各诸侯王乘机起兵作乱，人民苦不堪言。此时，幻术师洛玮联合各路有志之士，逐一击败各诸侯王，建立千百年来最强盛的王朝——鲛朝。其一身功绩，后朝无人可比。

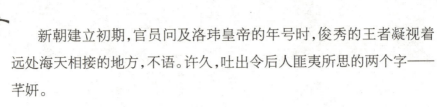

新朝建立初期,官员问及洛玮皇帝的年号时,俊秀的王者凝视着远处海天相接的地方,不语。许久,吐出令后人匪夷所思的两个字——芊妍。

一片洁白的浮云飘过,遮蔽了太阳。

第四辑

高中散文卷

我的童话我的梦

那是什么？

那是不切实际的梦境，那是无论什么肤色、无论什么民族脑海中永远铭记的小小希望和美好。是我们在成长时踩出的浅浅的脚印，也是我们在幼年的每个夜晚沉浸于其中，却在长大后将其弃若敝屣的曾经的宝物。

那是童话。

那是我们的童话。

睡美人躺在花丛中，她的头发像丝绸一般顺滑，像金子一样闪烁，她的脸颊像苹果一样丰润可爱，她的皮肤像雪一样白。她是那么美丽。

美丽到——不像存在于这个时空里。

那是童话，那是我们生活中最重要的一部分，那是我们能想到的美好的极致,那是我们愿用所有美好的语句去形容、去描绘的瑰宝。

——起码,在小学以前,我们是这样爱她的。

我们爱她,爱看王子和灰姑娘携手走上红地毯,爱看小公主轻轻地一吻把青蛙变成高大英俊的王子,爱看丑小鸭终于变成了白天鹅,在湛蓝的天空展翅翱翔。

我们爱她,犹如爱自己当初纯真的美好。

爱那个,总会相信王子和公主最后幸福快乐地生活在一起的小笨蛋;爱那个,会背着大大的书包在放学时摇摇晃晃步出校门的乖孩子;爱那个,会掰着手指一点点做加减乘除的小屁孩。

——但终有一天,我们会长大;终有一天,我们不再是那样;终有一天,我们抛弃了童话。

我们抛弃了她,犹如抛弃那个幼稚的自我。

为什么抛弃? 或许,只是因为她太美。

像睡美人一样,那么美丽,那么动人,美丽到不像存在这个时空里。只在一个任何人都达不到的时空安详沉睡。

而等醒来,却已是沧海桑田——已是一个不属于自己的时空。

太美的东西,在这个并不完全美好的世界里,或许并不该存在。

就像当初那个幼稚纯真的我们,终将长大。

公主的小金球掉进水潭里,再难寻觅,而青蛙王子,一直没有出现。

好像是经过了很漫长的岁月,又好像是一刹那之间,我们升入了初中。

初中和小学有什么区别呢? 不过是早已熟悉的面孔被一群陌生的面庞取代,不过是必考科目由两门变成了九门,不过是桌子上的习题集一点点增加。

不过是……我们已经不相信童话了而已。

或许王子和灰姑娘在一起最后也不见得那么幸福,出身的差异可能会导致他们为了柴米油盐酱醋茶而天天在暗地里争吵。或许当小公主亲了青蛙之后,不是青蛙变成了王子,而是公主变成了青蛙。或许能蜕变成天鹅的只有那么一只而已,其余的,依然是被人嘲笑的丑小鸭。

不过是……我们的梦,也随着童话的逐渐退让,而一点点地变薄了而已。

小学时曾用手中的笔,写下一个个幼稚却美丽的属于自己的童话。曾想象自己也有一天能像公主那么高贵,拥有闪亮的珠宝和洁白的拖地长裙。曾渴望自己有一天能像风一样自由,走遍想去的地方,看遍天下的美景。

终究是,少年不识愁滋味。

桌子上的教辅书呈等差数列依次增加,而童话书却逐渐减少,由十本到五本,到三本,到一本……或许终究有一天会指向一个"0"。

曾经的美好,渐渐消逝;童话的绚丽,渐渐褪色。

公主的小金球丢了,掉到了深深的水潭里了,还能把它找回来吗?

我的记忆丢了,我的梦想丢了,还能回来吗?

海的女儿坐在星空下低声吟唱,那么动听,那么美丽。——可最终还是化成了串串泡沫。

中考在浑浑噩噩中结束,指针拼命地旋转,斗转星移,白驹过隙,我们突然就到了高二。分了科,选了文,恍惚中一生的轨迹似乎就这么被固定下来了。

文科,在久到记不清时间的时候,就觉得文科生一个个都像是徐志

摩、戴望舒等民国时期的诗人,可以在理科生埋头狂算自由落体加速度的时候,撑一把油纸伞,持一卷古书,独自徘徊在那悠长、悠长又寂寥的雨巷。分了科才知道这样的生活可以有——只要你不打算上个好大学或是早已打算自费出国。

书桌上的参考书还在递增,不过不是等差数列,而是等比数列,或许在高三时还会变成指数爆炸。桌子上也有课外书,不过仅限于《读者》或《青年文摘》……童话,那是什么?我想问左边的同学,左边的同学拿着尺子与立体几何搏斗;我想问右边的同学,右边的同学正沉浸于俄国农奴制改革的历史意义中不能自拔,想问前面的同学……没有前面的了,前面的同学追着老师去问难题了。

童话不是我们的生活必需品,大学录取通知书才是。

我最终还是要放弃她——我的童话。

隐隐约约,我听见我的童话,我的梦想,在时空的某个角落里悲鸣。

在记忆的深处,海的女儿不停地唱歌,身体却已化成了串串泡沫。

如此美丽,如此苍凉。

——就像我曾经的梦,在高考的压力下努力寻找着生存的空隙,却还是被挤压得越来越薄,越来越薄……

像阳光下飞舞的泡泡,美丽,却不长久。

或许有一天,它会发出"啪"的一声。

——碎了。

我相信我是辛度瑞拉,即使找不到王子来陪我跳舞,即使没有闪亮的珠宝和高贵的雪白长裙,即使没有鲜花与掌声。

我仍然会在某一片天空下,跳着我自己的舞蹈。

我就是传说中的大多数。我不是公主,我没有小金球,我也遇不到

受了诅咒的王子。我的生活必需品是大学录取通知书，我需要学习、学习再学习，最终考上适合自己的大学，找个适合自己的工作——像大多数人一样。

——但起码，在学习与学习的空隙之中，我会有过这个梦：我会梦想我是拿着小金球的公主，等待着被诅咒的青蛙王子。我会拾起手中的笔一点一滴地记下自己的梦想——我会书写出属于自己的童话。

我相信我就是一只丑小鸭，即使没有白天鹅的命运，我也会活得很开心。

或许我们会因多种压力而暂时放弃童话，放弃自己的梦想，但在午夜梦回时，在做完一道难题时，在终于写完高考试卷上的最后一个字时，或许我们还能够想起那些美好的事物吧。

——想起那些，永不褪色的童话。

——想起那些，永不褪色的梦想。

不是每个女孩子都能成为灰姑娘，不是每个女孩子一生下来就是白雪公主。

但起码，我们曾有过这个梦，这个永不褪色的梦。

这就足够了。

那是什么？

那是童话，是不切实际的梦境，是我们在成长时踩出的串串脚印，是我们在长大后已很少去重拾的小小贝壳，却也是——

我们永远铭记、永远珍藏、永不褪色的天荒与地老。

那是我们的童话，我的梦。

读书之于我

读书之于我的意义，在何处？

是在突然看到一句话时心底掠过的震动与怅惘吗？是在饱读诗书后的学富五车吗？是在独在异乡为异客时突然看到的熟悉文字吗？

读书之于我的意义，在感受最美的文字。

芦苇彼岸，有谁在轻吟一曲蒹葭苍苍，白露为霜。大江中游，有谁在长啸大江东去浪淘尽。抬头，望万山红遍、层林尽染；低头，看三秋桂子、十里荷花。这是我们最美的文字，曾被无数人低声吟唱，跨越时间长河却永不褪色。翻开书，书中一片绚丽，是那些美丽的文字在低吟浅唱，为我们演绎昔日的一世繁华。

读书之于我的意义，在体会最深的哲理。

翻开《论语》，便置身于七十二弟子之间，听前方睿智的老师谈仁论礼。翻开《理想国》，便回到了希腊，在那个光荣所在的地方，听柏拉图娓娓讲述他心中的理想。更不要提那博大精深的唐诗宋词了。清风吹动书页，我仿佛正与五柳先生一起南山种菊，安贫乐道，而不为五斗米折

腰；清风吹动书页，我仿佛正看见岳飞壮怀激烈，仰天长啸，尽情抒发自己对祖国的热爱与忠诚，身后是文天祥、辛弃疾一众精忠报国之士；仿佛正位于手可摘星辰的高楼上，把酒临风，言无不尽，与谪仙一起大笑"我本楚狂人，凤歌笑孔丘"。轻轻合上书，仿佛一下子就懂得了很多很多。

读书之于我的意义，在于从书中找到真实的自己。

我是谁？地球数十亿人中的一个？一个微不足道的高中生？不，我是我。我是那个爱在书海之中徜徉的赤子，是那个以书为伴、以书为友的书痴，是那个对书"一日不见，如隔三秋"的爱书之人。我会从书中找到语言的瑰丽，从书中寻觅到最精深的哲理。而正是这些，让我变得与众不同。我爱书，爱从书中发现自我，一个真实的、毫不虚伪做作的自我，并努力以之为标准改造着现实中的自我。希望有一天，已饱读诗书的我，会被人称赞上一句"腹有诗书气自华"。

读书之于我，究竟算什么？不过是早与我血脉相连的一部分。为什么喜欢读书？不过是一日不见兮，我心悄悄。

读书之于我的意义，在吾心。

读书乐，乐读书。

与希望和坚持并行

　　小时候常在神奇瑰丽的神话中徜徉。看到精卫填海，小小的身躯承载着一块块对海洋来说无比渺小的石块，日日夜夜，永不停息；看到夸父逐日，笨重的脚印迈过每一道对太阳来说只是瞬息越过的山脉，生命不息，奋斗不止；看到愚公移山，一个又一个人背负着对太行、王屋来说只是九牛一毛的石块，子子孙孙，无穷尽也。明知可能没有结果，但他们永远在为了一份希望与坚持不懈努力，而不去等待那不知何时才能到来的虚无缥缈的时机，不去理会他人或恶意或不解或嫉妒的嘲讽。

　　人生，不也应该这样吗？许多时候，我们都要面临困难的抉择；是在黑暗中孑然前进，独自面对未知与危险，还是放弃可能唾手可得的成功，在虚幻的危险前等待不可知的"机遇"？

　　在人生的道路中，我们每个人都像在暗夜中迷路的公差。等待天明确实无可非议，但当我们天明登前途时，看到的可能是早已完成任务的独自赶路的同伴。那么，何妨尝试携一份坚持与希望，独自踏上未知的征程？或许我们能找回原路，或许我们能找到更快到达成功的方法。纵

使我们走错了方向,我们也见识到了路途中的美景和夜里新鲜的一切,也只不过是从头再来。路途黑暗?不,只要我们内心有希望,有坚持,内心的光明也永远会照亮我们前进的路,无畏的奋斗最终会把成功的火炬点燃。

如果坚持,我们不一定会成功。但如果不努力不坚持,我们一定不会这么快成功。那么,为什么不尝试努力一下,如果不努力,你可能永远都不知道自己会做到何种地步,不知道自己无限的潜能到底发挥出了多少,不知道自己心中名为"希望"与"坚持"的蜡烛会亮到何种程序,会不会把暗沉的天宇照亮。

当然,坚持和希望,并不意味着我们要没有目标地蛮干。当我们无路可走,每走一步都可能掉下悬崖时,我们就要静下心来思考,想想自己的目标,自己的希望终究是什么,然后顺着它发出的光芒毅然前行。但这也不代表我们一遇见困难就要停下脚步等待。如果一直等待虚无缥缈的机遇与十分的把握,只会"我生待明日,万事成蹉跎"。军人告诉我们,永远没有十分把握的战争;商人告诉我们,当你有十分把握时,时机已逝。那么,何妨踏着五六分的把握,希望与坚持并行?

因为希望与坚持,所以精卫飞过了,海洋也一直有关于精卫的传说;夸父倒下了,但夸父逐日的故事一直在传诵;愚公离开了,但太行、王屋永远记得愚公留下的痕迹。或许我们不能实现预期的目标,但只要有了希望与坚持,纵使失败了,我们也是骄傲的;纵使没能达到目标,我们也是被人铭记的;纵使那些得到机遇的人比我们更早到达,我们也是微笑的。

携一份希望前行,与一份坚持同在。纵使没能达到预期目标,我们也是成功的。

抬头与低头

一抬头，看见的是天。

无比辽阔与深邃，无论是急速飞行的飞鸟还是遮天蔽日的浮云都不能给它留下一点影子。抬头看天，似乎心灵也在天空中飘浮，自由自在，仿佛世间无可畏惧之物。

——那是面对强权与暴力的态度。很多恶人之所以敢作恶，只是因为没有一个人敢于出头，没有一个人能像天空一样无所畏惧，敢于挺起自己的胸膛，对他们说一声：我不怕！但对于天空来说，即使暂时有浮云遮住了太阳，即使一时会有大雨倾盆，风尽雨止之后，剩下的仍是澄净的天空。邪不能压正，在面对暴力与强权时，何妨勇敢地抬一下头，像天空一样坚持自己的立场与原则，像天空一样无所畏惧！

一低头，看见的是地。

无比宽广与博大，无论是娇嫩的花朵还是疲惫的走兽都能在此觅得容身之所。低头看地，似乎心灵也和大地一样沉静，温和包容，拥有无尽的耐心和细心。

——那是面对亲友与弱者的态度。他们就像花一样，在大地上某个不为人知的角落静静地开着，只有低下头去细品，才能感受到它的美丽与芬芳。但如果你一味抬着头不管不顾，只看见广阔的天空而忽视了身边的芬芳，它们就有可能悄然逝去，再也无法挽回。在面对亲友与弱者时，为什么不低一下头，像大地一样包容与宽广，像大地一样留住自己身边每一个芬芳！

在生命中，我们总会有要反抗的人，所以我们要抬头。生命中也总会有需要保护的人，所以我们要低头。朱自清说，在抬头与低头之间，日子匆匆流过。而我们要做的，就是不为一时的抬头与低头后悔。然而，一些人永远抬着头，丧失了大地的宽容与博大，以致伤痕累累、众叛亲离；一些人总是低着头，丧失了天空的无畏与抗争，以致软弱可欺。还有一些人对敌人卑躬屈膝，却对己方趾高气扬，这就是鲁迅所谓"弱者受辱，挥刀向更弱者"了。

永远抬头与永远低头，我们都会丧失生命中的一些东西。为何不学会在适当的时间抬头与低头？对强者，要学会"抬头"，要不屈，勇于抗争；对弱者，要学会"低头"，要包容，心胸宽广。只有这样，我们才不至于过累，不会漏掉路旁的美景。也不至于懦弱可欺。也只有这样我们才可能在抬头与低头间看见正前方的光明。

抬头见天，天行健，君子以自强不息；低头见地，地势坤，君子以厚德载物。

自强不息，厚德载物。

站在地狱与天堂的交接处

那一天，我见到了一位老人。

花白的头发，富有学者气息的长袍。呼啸的狂风不能使之折腰，噼啪作响的火焰也不能使之颤抖。在这一半海水一半火焰的天堂与地狱交接处，他手持一本古卷，神情如同在帝王的宫殿里一样闲适。腰杆笔直，风骨自成。

我好像见过这位老者，但我不记得他的名字。

听到脚步声，他抬起头来看我。一双乐观热情又富有求知欲的眼睛瞬间冲散了地狱的阴霾，让他拥有了与恶魔对视的资格。他看着我，轻声询问："异乡人，你从哪里来？"

我从哪里来？我默然不应。这些年，我在人世间漂泊，也见到了人的七宗原罪：骄傲、嫉妒、懒惰、愤怒、暴食、欲情与强欲。我看够了人性的黑暗面，却被其裹挟，不知何去何从。

老者似乎看透了我的心理，轻轻一挥手："但是，你也看过这些吧。"

我注视着那团温暖明亮的光芒，眼神渐渐柔和下来。是的，还有这

些:喜悦、平和、爱、希望等。那是人性的光明的一面。也正是这些,一路支撑着我走到这儿,尽管路途艰险也从未放弃。

"有两个灵魂在我胸中,它们总想分道扬镳;一个怀着一种强烈的情欲,以它的卷须紧紧攀附着现世;另一个却拼命要脱离尘俗,高飞到崇高的先辈居地。"老者突然念了一首诗,含笑看着我。"这是我曾经的困扰。小伙子,你是否也有这种困扰?"

是的,我的心里就像有两匹狼。一只是纯粹的恶欲,一只却是完全的善念。它们为了每一件事日夜在我的心里争斗,厮打不休。我恐惧这种情况,却不知如何解决。

我说出心中的困惑。老者用他充满智慧的眼睛盯着我:"那么,你能否区分善与恶,能否去面对善与恶的争斗?"

"我能。但是——"即使明知这是恶,但有时它还是在我心中占据了上风。比如对他人的嫉妒,比如有时无可抑制的骄傲与自大。

"那你是否会让它永远占据你的心灵?"

不会。或许黑暗偶尔会发芽,但我的心中永远是光明占了主流。我不相信这世界会永远被黑暗主宰。我相信这世界上阳光终会照亮黑暗。

"这样就好。"老者微笑着拍拍我的肩。"我们会一时嫉妒他人,但难道你就不会为了朋友的成就而衷心祝福?我们会一时骄傲,但在浩瀚的知识海洋前谁不会心悦诚服地拜服?人类与生俱来就有偏向黑暗的一面。但只要我们认清它,不让黑暗占据我们的整个心灵,让心灵的大部分都被阳光照亮,那就好了。"

"但我怕。我怕这份恶会阻碍我前进的步伐,会让我做出无比后悔的事情。我渴望压制住它,让它无法出现。"

"恶?"老者笑着指向前方遥遥走来的一个火红色身影。"梅菲斯特自称是永在否定的精灵,是恶的化身。但对旧事物的否定何尝不是对新事物的肯定?或许我们曾嫉妒,但正是这份嫉妒让我们拥有了自信。

梅菲斯特的否定精神引诱我们作恶，却也促使我们不断提高自己，向更广阔的境界飞翔。"老者向我颔首，"要想办法让你心中的狼成为促进你前进的动力啊。"

"那要如何做？"话刚出口，我就想起了那句凝聚了上千年哲人智慧的话语——吾日三省吾身。

"自强不息，自我否定。学会在同恶的斗争中克服自身的矛盾而不断取得进步，恶不可怕。大多数人最终仍会做出正确的抉择——就像恶魔梅菲斯特怎样诱惑我们，我们仍会向新的希望说出：'你真美啊，请停留一下。'"老者对已经走过来的火红色身影点头致意，"但可怕的是无法正视恶——你知道该怎么做了吧？"

"自我否定，勇于突破自我，不断进取。"我高声说。突然感觉自己心中那匹恶的狼已渐渐变小。

老者赞许地点头。"怎样才能让善战胜恶——只要不给那匹恶之狼喂食就可以了。"

老者和那位自称"梅菲斯特"的火红色身影一起离开了。我走出那片无边的火海。深吸一口气，突然觉得外面的风景是如此可爱。抬头向上，眼前是一座金碧辉煌的天堂。

向前走去，我突然想起了那位老者的名字。

他叫浮士德。

刚与柔

　　刚者，如山。

　　屹立千年而岿然不动，历尽劫难依然威严如故。风雪不曾使之弯腰，三皇五帝至此也只能赞叹。腰骨笔直，在万丈红尘中坚守着自己的脊柱，自己的刚强。

　　——然而，也曾见山上一片郁郁葱葱，随风舞动，也曾见鸟雀呼晴，映日逐风；也曾见小溪蜿蜒曲折，泠泠步入深谷。至刚的山上，却有无数柔美环绕。

　　刚中，柔舞动。

　　柔者，如水。

　　在一个又一个山谷中蜿蜒，在星罗棋布的绿洲中闪烁，在人们的身边跳动。最终奔流如海，依然柔情万种。不争锋、不挑衅，温柔地包容着万事万物，在海天尽处仍留有自己的包容、自己的柔。

　　——然而，也曾见飞流直下三千尺；也曾见惊涛拍岸，卷起千堆雪；也曾见百川东如海，汹涌澎湃，一往无前。至柔的水下，隐藏的，却是无坚不摧的刚。

柔中，刚挺立。

山和水，看上去是至刚和至柔，但又何尝不拥有另一属性？没有什么是绝对的刚或柔。而完全刚或柔的东西不可能适应这个世界。没有柔性树木鸟兽的山，只不过是一座无人问津的死山。没有刚性冲击力和震撼力的水，也无法迅速汇集成为江河湖海，只能静静躺在一个个小水盆里。

人生也是如此。有些人崇尚刚，一味蛮干，结果只不过是刚极则折。有些人崇尚柔，只忍耐而不发出自己的意见，结果也只不过是被人当成"软柿子"捏。

中国古代流传的处世之道，说到底只是一个词，就是和谐。不能一味刚或柔，而是欲刚则刚，欲柔则柔。我愿有高山一样刚直的脊梁，任凭他风霜刀剑严相逼，我也会坚守自己的底线和原则，像高山一样屹立不动。我愿有水一样柔和的胸怀，凡事包容，凡事多思考，像水一样包容与变通。只有刚柔相济，我们才能找到自己的世界，开拓出一片自己的新天地。

仁者乐山，智者乐水。我们乐山，乐其刚中交柔；我们乐水，乐其柔中带刚。我们愿意吸收山水之刚柔，既有山一样刚硬的脊梁，也有水一样柔和的心胸。

若有空暇，我愿徜徉于山水之间，尽情体会山水之刚柔。

在路上

回忆起这次参加全国创新作文大赛北京之旅时只能想起一个词：on the way——在路上。

首先是到北京第一天的艰难跋涉。

2011 年 8 月 5 日上午十一点到达北京，参加全国创新作文大赛的曲阜师大附中的老师、同学和家长一致同意先去大赛组委会报到。十七个人——人太多，不方便坐出租车，之后，便是路漫漫其修远兮，大家拖着大包小包在据说三十四点二摄氏度的高温下一直走到两点的经历只能用一个"惨"字形容。而走了近一个小时后突然被告之"走错了方向只能从头再来"时切实体会到了什么叫心如死灰。找到了报名处却被告知地址错误，在绕着北大校园一整圈后终于报上了名，再往后就是原路返回找预订的宾馆，顺便又在清华校园里转了转。走的路程堪比"长征"，连脸上的悲壮神情都如出一辙。

终于可以休息时已是下午五点，拿行李的双手生疼，脚上起泡，午饭只吃了点面包，在无数次走错路时感觉简直像把一年的霉运全用在了这一天上。

——以前从未想过"走路"居然是让人这么痛苦的一件事。

唯一的好处是带队老师安慰我们"能瘦五斤",但我们总感觉腿上的肥肉有朝肌肉发展的趋势。

路漫漫其修远兮,吾将上下而求索!

第二天接下来便是"第六届全国创新作文大赛总决赛",本次出行最重要的环节和核心目的。

写作的时候并不觉得很紧张——老实构思、老实列提纲、老实书写就可以了,基本上就是一个大型考场作文,仅提前十分钟交卷,出来后与早已交卷的同学一起议论之后的日程,安乐而又祥和。

真正感到紧张的是在第二天颁奖典礼上。

按惯例会有全国各大高校争相卖弄风姿,提高自己身价的同时贬低别人,争取把最优秀的人才笼络到自己旗下。之后是全国知名专家、重要领导讲话,再之后才是颁奖。主持人会在台上淡定地念着一个个的人名,下面的选手屏气宁神,不知自己会被划到何种档次。

——几家欢喜几家愁。

本以为我会像去年一样在焦急与紧张中等待,谁知遇上了熟识的编辑,拉过我就是一通训斥,什么写作不贴近现实,没有鲜明的情节,等等。

之后听到的是我获得决赛一等奖,不觉松口气。虽不是五个特等奖之一,但这已经比去年的二等奖好了许多——起码我拥有了自主招生的权利。

填"自主招生申请表"时我毫不犹豫地填了北大。原因无他,其他大学我差不多能考上,而北大,则是我一直在路上的一个梦。——这是一小步,也是一大步。

最后是在北京最后一天的游玩。今年学校获得四个一等奖,已是很不错的成绩了,感谢老师的培训、陪同。活动已经结束,还有半天的空闲

时间,大家决定一起去颐和园游玩。

——进去之后看到曲折蜿蜒的长廊与空蒙无边的昆明湖就不太想走了,但迫于无车的无奈,又在三十五摄氏度的天气下重复了第一天的"手疼脚疼、全身都疼"的情景,汗出如浆啊!

绕着占颐和园四分之三面积的昆明湖转了一圈——这还是在要赶火车时间不够的情况下,有二分之一的景点没去看,很可惜,都说明年要专门在这里待一天。

不过景色还是很美的,坐在高处看昆明湖中"接天莲叶无穷碧,映日荷花别样红"时有人轻声感叹了一句:"比咱曲阜三孔好多了,真是皇家气派、帝都气象。"

这次学校来参赛的大多是高三生,是已步上一条前途光明道路曲折之路的学生,是在明年此刻已像蒲公英一样分散四方,再不回头的人。

——而被问及未来的方向时,大多数人都选择了北京,这个承载了无数光辉与历史、无数梦想与期望的城市。

路的终点,梦想之城。

当天下午坐车离开北京,奔向故乡曲阜。

带的纪念品并不多,总觉得自己会回来的——明年,回北京。

到不了的地方叫远方,回不去的地方叫故乡。终有一天,我们会离开这个依山傍水的小城镇曲阜,在明年、后年,或是未来的某一天,到北京这样光辉灿烂的大城市,从与世无争的小城到帝都,从象牙塔里到人群中。

从此走上一条自己的路,无须回头,不必回头。

不必留恋,不必送。

这是我们早已选定的路。

on the way。——在路上。

知者不博,博者不知

狐狸知道所有的事情,刺猬只知道一件大事。

——古希腊寓言

那天,我进入森林,看见了一只刺猬。

刺猬在灌木丛中穿梭,小小的身子在一个个熟透的浆果间滚来滚去,自得其乐,仿佛不问世间的隐者,所思所想只有面前的红果而已,完全不理我等红尘中人。

是的,红尘中人——既在红尘中,心中所想也只有红尘中事。就像我正在研究的课题,遇到了瓶颈,很难再有所突破,摆在我面前的只有两条路:为无谓的希望坚持,直到突破瓶颈的那一天,或是换一个研究课题。但随着时间的推移,前一条路越来越窄,甚至可能在未来的某一天消失不见。

起初的斗志演变至今,已变成不甘心,那是我的第一个研究课题,而就在我为此呕心沥血孜孜不倦时,旧时好友们早已从一个课题跳到另一个课题,上通天文下通地理,六合八荒无所不知。相比之下,我倒像是个一棵树上吊死的死脑筋。

只是如今，这棵树也要倒了——我告诉自己，如果这次上山，仍不能让我获得任何灵感，我将走上其他人的道路，在不同课题间作舞。

林中传来窸窣声，我循着声音看去，只看见一蓬红色的大尾巴。是狐狸吗？我看见那抹红色慢慢接近仍专注于果子上的刺猬。它们的体积悬殊太大，狐狸又素以诡计多端闻名。这次恐怕要成为它的盘中餐了吧。

狐狸藏得很隐蔽，直到它从灌木丛中扑出来，刺猬的眼光才从果子上移开。在狐狸尖锐的爪子扑到之前，刺猬突然蜷缩了起来，原本看起来无害的小东西一下子变成了一个长满尖刺的小球，任凭狐狸怎么折腾也不松动。反观狐狸，对着刺猬球颇有些老虎吃天的感觉，原本尖利的爪子和牙齿在刺猬前也无能为力。经过了很长一段时间的尝试后，狐狸只能悻悻地走开。

目睹这一切，我突然想起了曾看过的一句话："狐狸知道所有的事情，刺猬只知道一件大事。"

狐狸知道所有的事情，它太聪明，懂得的事太多太多，它或许知道无数种捕猎技巧，却只满足于懂得的数量，而没能磨炼出一项真正适合自己的技巧。所以狐狸纵使拥有机智之名，也永远无法与狮虎抗争，甚至无法解决像刺猬这样的小动物。

刺猬只知道一件大事。没有尖利的爪牙又如何？不懂得千百种狩猎技巧又如何？刺猬只会专注于眼前的事，它所懂得的，也只是把自己蜷起来这一招而已。但就是这一招，已足以让它逃过许多野兽的捕捉，在危机四伏的森林里占据一席之地，简单，但是有效。

知者不博，博者不知。我们人类何尝不是这样？有太多人愿意当一个狐狸型的人，表面看上去学识渊博，无所不知无所不晓，实际上却不能专注在一件事上，结果什么都是"半瓶子醋"。而少有人愿意当一个刺猬型的人，为一件事情而坚持不懈，即使路漫漫其修远兮，也将上下而求

拔尖
计划进清华

索。即使被嘲笑，即使被非难，也将朝着自己的目标不懈前进。

我不愿做一只狐狸，谁愿在通往真理的道路上浅尝辄止？谁愿白日装作满腹经纶，却在夜晚对着空荡的内心独自叹息？谁愿只是在知识的天空默默划过，却不留下一点影子？我不愿像狐狸一样空守着太多的主义和思想，却不能真正专注在一件事，我宁愿做一只刺猬，坚持着某一个理想，就全神贯注地集中所有力量于其中，在自己的道路上不断拼搏，即使最后不能走到终点，我也已经开辟了一条全新的道路。

昂首一笑，我突然想明白了那个课题的去留。

身后，刺猬依然在灌木丛中自得其乐地穿梭……

选择一条路，阳光普照

有一天，我的面前出现了截然不同的两条路。

——一条宽广平坦，一条曲折幽深。

一条青石铺地，光滑照人，承载着无数人的脚印，可以隐约听到远处的欢声笑语，遥想彼处人声鼎沸；一条满目落红，苔痕蜿蜒入林，不知名的野花自顾自地开得芬芳，偶尔有柳莺划过，清脆地啼叫一声，飞到看不见的地方去了。

——两条路，都看不见尽头。

我迷恋小路的优美，但我不知晓它通往哪里，不知晓在落叶拼凑成的小路深处，是悬崖千仞，还是红日喷薄。

不断有人成群结队地从我身边走过。他们对我说，走大路吧，那是无数人走过的路。路上风平浪静，波澜不兴，在路的尽头，会有美丽的湖水，沁人心脾。

走大路？我看向那端。那是一条很好的路，宽广、一望无垠，不会有任何的挫折与危险，且前人的经验已无数次地告诉我们，路的尽头，是如镜平湖，是美景，是成功。

只是……那不是我自己的路。

我渴望，渴望用我自己的一双脚，开拓出一片自己的路；我渴望，渴望我每走一步时，都是一片全新的风景，而不是已被他人传唱了千百遍的地方；我渴望，渴望当我终有一天与亲友相聚时，口中所说的，是我真正的体会，真正的心中所想，而不是重复着他人相同的思想，嘴中说出的，是千篇一律的所谓"成功"。

路途宽广又怎样？前途远大又怎样？走他人的路，有何自豪而言，有何成功可言？那条宽广的大路，早已留下了无数人的脚印。路上所刻的是他人的名字，所见的是早已被篆刻在诗篇里的风景，所闻的是一遍又一遍重复不停的他人的喜悦。即使走到了终点，所见的，也不过是一个人生鼎沸的大湖；所得到的，也不过是一个早已被他人高高举起过的，褪了色的奖杯，行走在宽广的大路上，迷失在人群里，最终会丢掉自我。

——就像鹦鹉，虽然它能言善辩，虽然它可以说出千百种不同的语言。但它所唱的，永远只是他人的思想。它唯一发不出的，是它自己的声音。

而小路，未见人迹又怎样？幽远曲折又怎样？当我每一步所见的都

是见所未见的风景，每前进一点呼吸的都是清新的风，每一个转角处都是一个惊喜，每一声鸟鸣都在述说着我的真情实感。不用人云亦云，只需要跟着自己的心走，只需要跟随阳光的影子，缓缓前行——这是何等的幸福！

我放弃了大路尽头那湾平静的湖水，但焉知我不会因此而发现澎湃汹涌、激荡人心的瀑布？焉知在路的尽头，不会有一个专属于我的奖杯？即使最终是条绝路，但我已经收获了专属于我的一份鸟语花香。

——就像黄莺。虽然它只会一种歌曲，但它所歌唱的，永远都是自己的歌，是属于自己的一片天。

人生何尝不是这样？我们常人云亦云，常跟着别人的"成功秘籍"走，常贪恋那一份安逸与宽广，最终完全迷失了自我，心甘情愿把自己化为碌碌众生中的一员。为何不选择一条自己的路？为何不坚持自己的思想？哪怕稚嫩，哪怕浅薄，哪怕不尽如人意，那终归是我们自己的思想，是我们自己选择的人生道路，哪怕失败了，面对那泯然众人的碌碌众生，我们的笑仍是骄傲的。

小路深处传来一声黄莺的低鸣，我笑了笑，头也不回地走向那条小路。

脑中突然闪过一首小诗：

也许多少年后在某个地方，
我将轻声叹息把往事回顾，
一片树林里分出两条路，
而我选了人迹更少的一条，
从此决定了我一生的道路。

那一天，我选择了一条路。那一天，阳光普照。

行走在东方圣城——曲阜

我的家乡在曲阜。

——那个无数人心心念念，无数人心中向往的名字；那个沿时间长河流传至今，亘古不灭的名字；那个尽管平凡却无人可忽视的名字。她是孔孟之乡、圣人之邦；她是在浩瀚的文化长河里浸泡了几千年的东方圣城。她是我的家乡——曲阜。

水

圣人门前水倒流。

推开家门，向南走百余米，便是大沂河。算不上横无际涯，却也算浩浩荡荡，坚持着自己的品行和方向，流过已过千年却依然如昔的青青河畔，裹挟着百家讲义千古风流，自东向西，一去不返。

逝者如斯夫。

耳边又想起鼓瑟之声。鼓瑟希，铿尔。

"莫春者，春服既成。"

那是千年前的美景，历经千年却韵味不变。一样的美丽，一样的淡然。

春有百花秋有月，夏有凉风冬有雪。

"冠者五六人，童子六七人。"

一样的，在季节流转的缝隙中回眸，在琅琅书声中仰头，便看见了含羞的春意初来，于是便踏青去吧。踏过又一年芳草萋萋的河岸，眼前依旧是杨柳依依。

阿娘开柴扉，儿带春风还。

"浴乎沂，风乎舞雩——咏而归。"

为何要追逐名利？为何羡慕一世浮华？纵然是鸢飞戾天者，纵然是经纶世物者，如子路，如冉有，也败给了一个只愿寄情山水的曾皙。水流过，留下的，是一份淡然的品格，千百年来积淀在曲阜人的骨子里，闲静少言，不慕荣利，一拍一呼复一笑，一人独占一江秋。

水流过，赋予品格。

碑

它曾经随处可见。身披秦篆隶楷行书草书，记载齐到心头的数千年往事。

而今已阑珊。

曾看过一组图，百年前的曲阜照片。光影交错中，一块块石碑散落一地，碑上字迹已模糊，默默叙说着千百年的历史。黑白交映下，宛如一幅上好的水墨画。

曾去过孔庙，保存得较好的石碑早已被护栏围住，残存的字迹见证着千年风霜，偶有已破坏到无法修复的石碑，静静地躺在道旁。仔细看，还能找到一个记载在史书里的年代，一个字形熟悉却已无法被辨认出的汉字。

便断碣残碑，都付与苍烟落照。

曾听长辈聊起，以前他们常去孔林小憩。只需带一壶清茶、一碟花生，便可在孔林偷得浮生半日闲。彼时石碑错落，树影婆娑，相映成趣。墨一涂，纸一挥，便是一张好拓片。看着拓片上不同的内容、不同的文字，只想起汉习楼船，唐标铁柱，宋挥玉斧，元跨革囊——数千年往事，注到心头。而这一刻，那些数千年往事，在这个叫曲阜的地方，在那些石碑上汇集，自周往后的几千年历史，在曲阜的石碑上缓缓流过。纵使战火洗礼，纵使风霜打磨，一如往昔。

碑躺下，记载历史。

圣人

从老家向北走数百米，是周公庙，幼小的我常玩耍的地方。当时的我完全不懂什么叫"周公吐哺，天下归心"。只知道这是为纪念一个人所立的庙。周公，他是一位圣人。庙里古柏参天，石碑凌乱。映阶碧草自春色，隔叶黄鹂空好音。

走进真正的曲阜城区——那个保持着千年前鲁国都城曲阜规模的地方，会看见一段即使按古人眼光也尚嫌狭小的巷子，那便是陋巷。"一箪食，一瓢饮，在陋巷，人不堪其忧，回也不改其乐"的复圣颜回所住的地方。再向里走，是颜庙，与周公庙一样的门前冷落鞍马稀——曲阜的圣人太多，孔子的名声太响，导致人们似乎忽略了这两位圣人。但他们的事迹、他们的精神早已牢牢地刻在了史书里。可以忽视，不可以遗忘。

而在另一端，是人声鼎沸、摩肩接踵的孔庙、孔府、孔林；是中国数千年无人可与之比肩的至圣先师；是整个山东，乃至整个中国的传说所在的地方……

江南多山多水多才子，山东一山一水一圣人。

那些都是我们的圣人，是推动了中国进程的关键人物，是谈及中国的文化时首先会想到的人，是中国连接中国人与中国人的精神桥梁……他们住在曲阜，扎根于曲阜，是曲阜，乃至整个中国的文化符号。有一天，他们走了，留下的，是金声玉振，万仞宫墙。

圣人走过，留下传说。

这是曲阜。

这是历史悠久的文化古都，是每一寸都浸染在文化长河里，凝聚出一身芳香的地方。在这儿，每一条小河，都流淌着数千年前圣人的谆谆教诲与优良品格；每一块碑，都记载着重重历史；甚至连一所普普通通的小学，都可能是圣人讲学的地方……这里的每一块砖、每一片瓦，都是数千年历史凝聚的地方，在岁月流传中散发出悠悠墨香。

孔孟之乡，圣人之邦，东方圣城。

我的家乡。

——曲阜。

体味追求

我想要那件东西。

我跋山涉水，终于来到了那座山脚下，从此夙兴夜寐，靡有朝矣。每天我踏着第一缕晨曦起床，在狭窄的山道间艰难跋涉，有时还要效仿愚公开山，在山与山之间画出一道细长的白线。山很陡，黄鹤之飞尚不得过，猿猱欲度愁攀缘，竟也硬生生让我开辟出一条栈道来。山脚的居民好奇地看着我的一举一动。数百个日夜后，终于，我拿到了那件东西。当我小心翼翼地举着它沿百步九折萦岩峦的羊肠小路绕回村庄时，村民们却齐发出了一声叹息——我举着的只是一块平淡无奇的石头，在田间小路旁随处可见。

"你这东西太没价值了，不值得你为之付出如此努力。"村民对我说。

我笑而不语。很多时候，当你拥有某一项东西时，别人往往为之叹息，认为它不像原来所想的有价值。甚至有时，我们自己也会后悔，后悔付出了过多的努力，后悔付出了过多的汗水。

固然，在每一次展开追求前，我们应该做出细致的调查，制订一个有价值的目标,一个切实可行的计划,只有这样,我们才能以最少的付出,获得最大的收获。

但是,如果结果不尽如人意,我们之前的付出,就是没有价值吗?

或许我心心念念为之努力的东西最终只值一点价值,但那又如何?难道只有切实获得的物质才有价值吗?在奋斗的过程中,我何尝不是获得了很多很多?在追求的过程中,我学会了坚持;在一步一步的艰辛与曲折中,我学会了执着与奋斗。在那开山辟石的数百个日夜里,纵使我最后没获得什么,我也为别人开辟了一条山道。这些收获与贡献,这些精神上的满足,哪是简单的物质财富可以衡量的?

没有什么追求是无价值的,我们总在一次又一次的追求中体味着成功与失败,也总在一次又一次的追求中砥砺着自我,让自己慢慢成长。在追求的过程中,我们也帮助了他人。或许我们最终没有获得值得夸耀的物质财富,但我们把汗水留下了,我们把拼搏留下了。最终,我们会获得更多的精神财富。

当你拥有某一项东西时,或许你会发现这种东西并不像你原来想的那样有价值,但我们难道就此放弃追求?不,这并不妨碍我们去追求新的东西,获取新的价值。或许你之前通过努力获得的无数个小价值积累在一起,就会成为真的价值,帮助我们实现新的追求,走向成功。

真正的价值不在于物品,而在于追求。在一次次的努力中,或许我们会失败,但我们仍要追求,我们总在追求。

何况……我看向手中的石头,有些努力,并不是没有价值的回报。只是更多的时候,我们被红尘迷惑了双眼,没能看到沙滩中闪烁的金粒,也许只有当我们足够成熟时,才能真正看到滴滴汗水后隐藏的价值。

拿起一把小锤,我轻轻敲去石头的外壳,暗灰的外衣剥去,渐渐有碧绿的光芒泻出,染绿了一片土地。流光溢彩,美不胜收。

那是一块翡翠。

探索

"求赐我宁静,去接受我所不能改变的。"

大千世界,生老病死,爱别离,怨憎恨,求不得。拐角的医院里随时都有生命降生,随时都有生命陨落。十字路口川流不息的车辆不知会发生多少碰撞,熙熙攘攘的人群中不知有几家欢乐几家愁。多少事情我们无能为力。

——就像山头。当我们站在大山脚下,或者从火车的窗口望见云霞明灭中的山时,只会叹一句"会当凌绝顶"而已。我们欣赏愚公的精神,却不会模仿他盲目地去移山。有一些事情,生来就只是供人感慨的。

曾听过这样一个故事:林肯幼时家里有一处满是石头的农场。父亲认为那是不可挪动的小山头,而母亲执意要把这些碍事的东西搬走。挖时,才发现它们只是一些孤零零的石头。

只是石头,可被随意挖走、移动的石头。但有多少次,我们把微不足道的"石头"看成了高不可攀的"山头"!

"求赐我勇气,去改变我所能够改变的。"

有些事情，看起来几乎不可能做到。如在素不相识的人面前大声流利地谈论自己的梦想；第一次体验蹦极时飞翔的感觉；或是独立组织起一个社团……但只要静下心来，用心去做，也能看见胜利的光芒。

也许我们改变不了过去，但我们能改变未来；也许我们改变不了开始，但我们能改变结局。当我们从山重水复中茫然寻找来时的路时，看到的是另一村的柳暗花明。

——就像石头。有时我们在田地里看到一处突起，上面绿荫遍布，杂草丛生。你可能会认为那是一座小山头，但它其实只不过是一些长满青苔的石头。只要轻轻一脚，就可以让它滚下去。

"更求赐我智慧，去分辨什么是能够改变的，什么是不能改变的。"

尼布尔的话语，依然清晰。

有些事我们无法改变，但不能因此就把所有的事都归结到不能改变的一类，正如不是所有的事都能被我们左右一样。我们需要实践，我们需要客观冷静地全面分析与探索。如果不加思考就动手蛮干的话，只会把"山头"当成"石头"，做无用功。或是缩手缩脚，在本不存在的"山头"前裹足不前。

在生活中，我们也会遇到各种困难，只有我们充满勇气、运用智慧仔细探索时，我们才能发现解决问题的好方法，才能抓住那些我们足以改变的、影响自己人生的大事。也许到了那时，"山地"也会变成"平原"吧！

补牙记

放寒假的第一件事，就是很悲摧地……去补牙。

如果把我的牙的全部经历写出来，那绝对是一部字字珠玑、句句血泪、发人深省的宏大史书。话说在高一暑假我把我所有的虫牙都补上了，本以为从此高枕无忧，却在期中考试后发现……补的牙不知为什么掉了一块，还是最接近门牙的那一颗……这直接导致我一开口说话所有人都会注意到我的牙。

周末去补牙。牙医一看到我就笑眯眯地说："这牙没救了，把牙神经拔了吧。"

拔神经……好像很疼，还需要打麻药……

"很快的，来两三次就好了。"

事实证明，医生的话，果然不可信。

第一次，因为怕痛，打了麻药。拔完神经后，我满心期待着第二次就能补上。谁知第二次医生拿了一根细小的针向牙里一戳……流血了！拔完牙神经后不是不会流血吗？她转头，佳洁士微笑："上次好像没拔干净,再来一次吧。"

然后我又被打了一次麻药。

但半周后请假再来时,牙仍然会流血……牙医的结论是牙龈有点问题,但结果是一样的——我还是不能补牙。

医嘱是:"不能再用麻药了。那就等那点牙龈坏死后再补吧。每周来检查一下。"

——而所谓的检查,就是拿尖锐的针向里一扎,看有没有出血。因为不能打麻药,每次检查对我来说……就是一场龇牙咧嘴撕心裂肺啊。

而且牙上敷了点药,是那种很纯正的粉红色。第一次敷完药,回去上夜自习时,同桌看着我,欲说还休,欲说还休,最后蹦出来一句:"你吃泡泡糖了吗?好像粘在牙上了……"

这种"泡泡糖",我戴了近一个月。

不知为何,每次牙都会出血。医生的解释也从"牙龈的问题"变为"牙齿间细肉的问题",然后对我笑一笑:"没关系,元旦前一定能补上。"

我好像是十月第一次来补牙……

元旦前夕,医生终于下定决心,先补上试试(因为不除掉牙神经以后牙还会疼),又在医院里待了两个小时,我终于看起来拥有了一口健康的牙。

但在补牙期间,我想的最多的不是快点把牙补好,而是……我果然应该报理科啊!报了理科以后我就死啃生物,然后成为牙医,这样就轮到我对别人"哈哈哈……你这颗牙坏了、这颗牙坏了、这颗牙也坏了……"而不是别人对我这么干!

果然是一失足成千古恨,再回首已是百年身……

回忆结束。

虽然之前补上了牙,但据医生说,如果不戴上一个牙套,补上的也会掉……所以寒假里我再次来到医院。

风萧萧兮易水寒。

"为了戴上牙套,需要把你的牙打磨下一块来以留出空间" by Dr. 王,一直为我补牙的医生。

"你的牙质不好,居然这么容易就能打磨掉,难怪容易坏。"

幸好牙已完全感觉不到疼,不然我一定会在精神与肉体的双重打击下泪流满面。不过不是四十五度角的忧伤,而是躺在躺椅上接近于平角的忧伤……

"需要把牙龈也打下一点来,所以可能会有一点疼……"

没关系,经过了放假前那几根针的考验,我已能做到泰山崩于前而色不变。好像流血了,据武侠小说里说血是铁锈味的,不过尝起来一点也不像……好像我也不知道铁锈味到底是什么味。

打磨完牙,妈妈给了四个字的评价:血流满面。我打开镜子一看,连呼姜还是老的辣,这成语用得真生动形象。不过我的牙只有过去的一半大了……

取牙模的过程太恶心而不想叙述。

比较牙的颜色的时候,又被羞辱了一次:"其实你的牙本质不黄,但上面有很多纹理导致它看起来不怎么白……"好吧,其实我的牙就是黄。

一切处理完,牙医微笑转身:"春节这几天制造牙套的人放假,等他们制好再送来……你正月十五再来补牙吧。"

我正月十八开学。

我果然应该学理科的!这样我以后就会成为一个牙医,而那个因为一个寒假都会因牙而煎熬,而面若死灰心如泥沼的人就不会是我!现在从文转理还来得及吧?

我这段时间(这个寒假)都不能吃硬一点的东西。

"否则牙可能会断掉的。" by Dr. 王。

所以……美好的假期,从补牙开始!

第五辑

初中散文卷

生命如树

假如可以选择生命，那么我愿做一棵树。

当大地上传唱着雪的白色恋歌时，我会在冰雪下欠伸，静静倾听生命的种子萌发的声音。而当烟雾在晨光中飘散，当春天已描画出了花的颜色时，我就会从生命的胚胎中破壳出来，仰望天空，呼吸着自由的空气。从此朝饮木兰之坠露，夕餐秋菊之落英。在交替到来的阳光和风雨中，慢慢积蓄着自己的力量，在漫长的周期里，等待着来年的花开。

或许，在长大的过程中会有挫折。或许，新芽刚刚萌发便会遭到风雨打击。但如果不经风雨的洗礼，又怎能见到彩虹的笑容？也许，在这无星无月的夜里，每一场大雨都是一种挣扎，每一场暴风都是一种蜕变。在这一次次痛楚中，亭亭出现的是我的华年。当风雨再次来袭时，会发现我已亭亭。无忧，亦无惧。

等到有一天，我会惊喜地发现我已有茂密的绿荫。到那时，我会尽情地舒展着浓荫，回报着这个美好的世界。烈日炎炎，就让我撑起一方绿色的小小天空，带来一份清凉；藤蔓柔弱，就让我以自己高大的身躯为它铺好前进的道路。床上的婴孩,你可听见我树叶拂动时的"沙沙"声?那是我为你唱出的摇篮曲;楼内的学生,你可看见课本上不停交错闪烁的光斑? 那是我兴奋的舞蹈;过路的行人,你可望见隐藏在我片片绿叶中的美丽小花? 那是我含笑的眼睛,笑望着我作出奉献的这个世界。就这样一天天、一年年,我在日月交替中享受着奉献的快乐。这些快乐会随岁月深埋在土中,成为晶亮的琥珀。

当落花铺陈了一片红色地毯时,我已硕果累累。而滚滚东去、奔腾不息的河水,已把我的青春带走,而我会安详地接受这一切。或许在落着细细小雨的一天,我会平静地倒下,化为泥土,去呵护新的树苗,除了回忆,什么也不带走;除了芳香,什么也不留下。

我们人类,常把树看作一种没有思想的卑微生灵。然而,树却是永远以自己的实际行动来诠释生命的价值、汇报着给予自己生命的大自然,使自己卑微的生命不停放射着光芒。人类对于大自然,不也只是沧海一粟? 可是,只要我们珍爱生命。在日常生活中为社会作一些力所能及的贡献,那么原本有涯的生命也会变成无涯,卑微的生命也会变得伟大。

假如可以选择生命,那么我愿做一棵树。一棵没有太多智慧,却完整地体现了生命价值的树。

谁家玉笛暗飞声

在灯红酒绿、物欲横流的社会中，或许只有梦，才能带给人最原始、最直接的慰藉。从垂髫孩童到花样年华，在似水流年中，在我的每一个梦中，都似乎有一支玉笛，吹出的音律跨越时空长河向我走来，笛声悠扬，把我带到那像在一层薄纱后神秘微笑的峥嵘岁月。

我曾敬畏地把那支玉笛称为历史。而那悠扬典雅的曲调，我们称之为：诗。

梦中，我曾踏着笛声，来到那遥不可及的鸿蒙时代。芦苇青青，上面凝满了白色的霜，遮蔽了人的视线。在芦苇的另一边，有人不顾寒霜，轻轻吟唱："蒹葭苍苍，白露为霜。所谓伊人，在水一方。溯洄从之，道阻且长。溯游从之，宛在水中央。"千年前的风雅，依旧灵动。如一首浸淫古风又温润如春的笛曲，存活于人们心中，等待人们自己去采撷。诗三百，只不过是一曲纯真的乐章，是前生无邪的记忆。

梦中，我曾踏月而来，让月光衣我以华裳，让繁星成为我身上最华丽的点缀，让盛唐的巍巍雄风为我铺开道路。呵，身处堂皇的唐，身处诗仙的年代,又怎能不豪放?"自把玉钗敲砌竹,清歌一曲月如霜。""我歌月徘徊,我舞影凌乱。"在这张狂的少年时代,我唯愿对酒当歌时,月光长照金樽里。身处那个雍容华贵的朝代,我只想与诗仙一起长啸:"别君去兮何时还,且放白鹿青崖间,须行即骑访名山。安能摧眉折腰事权贵,使我不得开心颜!"即使梦已醒,眼前仿佛仍有公孙大娘"矫如群帝骖龙翔"的翩翩舞姿。

梦中,我曾乘一叶扁舟,手持短笛,在梅雨季节来到优雅的宋朝。琴声暗哑,可是柳三变在"忍把浮名,换了浅斟低唱?"琵琶黯然,是晏小山叹:"记得小苹初见,两重心字罗衣,琵琶弦上说相思。当时明月在,曾照彩云归"吗?可是因"欲将心事付瑶琴,知音少,弦断有谁听?"你听,几百年后,有人在唱:"我是人间惆怅客,知君何事泪纵横,断肠声里忆平生。"

在梦中,我跨越万水千山,在一首首诗、一个个旋律中流连。在我心里,它们不只是单调的文字,而是一首首歌,是这世上最牵动我心的声音。

谁家玉笛暗飞声,散入春风满洛城?这一首首诗伴着笛声,撒进了全世界,也牵动了无数人的心。

在梦中,我跟随着笛声溯游而上,去寻找那牵动我心的声音。

灵魂的翅膀

　　百年前，在风雨飘摇中，一位德国哲学家写下了一句并不为世人所认可的话。

　　百年后，在一个寂静的夜晚，我默默地品着这句被无数人引用的话。时空重叠，百年前的尼采在时光缝隙中开口：

　　——谁终将声震人间，必长久深自缄默。谁终将点燃闪电，必长久如云漂泊。

　　古往今来，不知有多少伟人青史留名。有百折不挠的爱迪生，也有不向命运低头的贝多芬；有身残志坚的太史公司马迁，也有为国家投笔从戎的定远侯班超……无论身处古代还是近代，不管相隔天涯还是海角，他们都有一个共同特点：他们最终的声震蓝天、千古留名，不是因为自己的家世，而是因为自己对目标孜孜不倦地追求。

　　尼采的话，大概也正是这意思吧。所谓的"深自缄默"、"如云漂泊"，不是默默无闻、无为而治，而是在默默地，不为人知地积蓄力量，在恰当的时机展示出强大的力量，点燃了闪电，声震了人间。用漫长地等待，换来绚烂的绽放与升华。

　　那么，又何必去感慨命运不公？无论何时，命运总是掌握在自己手中的。美好的未来要靠自己的双手去创造。不要感叹自己没有出生在一个分外优越的家庭中。如果你没有深自缄默积累力量，又怎能奢求声震人间，发出灿烂的光芒？王侯将相宁有种乎！

　　不要说"是金子总会发光的"。因为大多数人并不是那块最完美的黄金。也不要向往丑小鸭变天鹅的童话。一个人天生就完美无比终究只是童话。丑小鸭也是经过重重磨难才成为天鹅的。正如冰心所说：成功的花，人们只惊慕她现时的明艳！然而她当初的芽儿，浸透了奋斗的泪泉，洒满了牺牲的血雨。

　　如果我是一块黄金，那么我会拼命地擦拭自己，使自己的光更耀眼；如果我是一只丑小鸭，那么我要拼命地练习飞翔，使自己飞得更高更远；即使我只是一块不起眼的卵石，那我也要任流水打磨自己，使自己更完美。

　　没有付出，哪有收获？

　　百年前的尼采早已故去，但他的思想却流传了下来，为我的灵魂插上了一对翅膀。有了这对翅膀，从此，我可以不顾风雨，自由翱翔。

小草赋

　　人们常把人生的三个阶段比作一天的早、中、晚三个时期。其实那些随处可见、貌似卑微的小草，生命也可以分为短暂而又漫长的几个时期……

凌晨·草色遥看近却无

　　无论在哪儿，春草都必是这样生成的吧！在泛着黄色的土地下，埋藏着生命的痕迹。在某一天，一只归来的燕子剪碎了平静的天空，泛起一圈圈涟漪。这涟漪被第一缕春风吹着，扩散到了土地上，然后就有一个耐不住寂寞的小家伙钻了出来。刚开始，它还有些胆怯，只探出一个小小的脑袋，用好奇的双眼警惕地观察着四周。在确认没有危险后，它挺起了脊梁，骄傲地展示着自己嫩黄的锦袍。一阵呼朋引伴之后，所有的小草都站了起来，反射着嫩黄的光。

远远望去,仿佛有一片极淡极淡的生命之色。但是,为什么走近去看却只见一星半点的嫩芽了呢? 难道是小草也怕羞,又藏起来了?

正午·草色新雨中

如果有一个掌管季节的人,那她一定是一个可与米开朗琪罗等人媲美的伟大画家吧? 不然,为什么小草的颜色会这么美丽而又多变?

似乎突然有一阵风吹过,然后小草的颜色就变了,变成了青绿。虽然淡,却有一点若有若无的青色。那阵风,就是画笔吧? 画笔又一次扫过,为小草染上了浅绿色,远远望去青翠欲滴。当画笔又一次次带着眷恋擦过画布时,小草经历了翠绿、草绿等色,终于……成了现在的"绿如蓝"。

"草色新雨中,松声晚窗里。"当经历了一次又一次蜕变的小草沐浴在雨中时,它的美,是那般的惊艳脱俗。

午夜·一岁一枯荣

时间是公平的,对人、对草都不例外。

日本的秋吉台有一个风俗:在深秋时,把山上所有的草都烧掉。这样做,是为了给来年的草提供养分。没有草的山坳无美感可言,再也没有了绿色,只有沉默的黑和有几块突兀的石头,无语问苍天。

"落红不是无情物,化作春泥更护花。"夏天的草就像街灯一样,在黑暗中给我们希望。可是,灯灭了,天才会破晓吧?

"离离原上草,一岁一枯荣。"幸好,在它之后还有让我们欣慰的两

句——"野火烧不尽,春风吹又生。"

街灯灭了。黎明,就快要来了!

又一个凌晨·春草生兮萋萋

小草的生命力是令人惊叹的。第二年,小草像从未被火烧过一样,在风中摇曳。不,应该说,它涅槃了! 小草经过了烈火的洗礼,在春风中变得更坚韧!

美丽、脱俗、奉献、坚韧……小草的一切品德,只能用泰戈尔的一句话概括:

绿草是无愧于它所生长的伟大世界的。

读书遐想

如果把人生比作一次漫长的旅程,那么读书无疑就是旅途中美丽的风景,在不知不觉中陶冶着人们的情操。

古诗,正是它最好的证明,中国五千年的历史慢慢走过,凝成一幅带着余韵的长卷。在长卷中俯首,仿佛看见有人正为谁风露立中宵,在芦苇中,轻轻吟唱:"蒹葭苍苍,白露为霜,所谓伊人,在水一方。"今人不见古时月,今月曾经照古人。时光飞逝,但情怀仍是不变:"从别后,忆相逢,几回魂梦与君同? 今宵把银缸照,犹恐相逢是梦中。""玉阶生白露,夜久侵罗袜。却下水晶帘,玲珑望秋月"固然有封建社会的无奈,但"满堂花醉三千客,一剑光寒十四州"的豪气又不禁让人对那些朝代心生向往。通读下来,我只感到心中有一只猛虎在细嗅蔷薇,如果把人生比作一场无聊的挖掘,那么读书就是挖掘过程中猛然闪现的璀璨钻石,在历史的悠悠长河中从不掩饰光芒,让人变得智慧。

关于《论语》的赞美已经太多,多到已让人很难形容它的美好,但它的成就仍是巨大的。"岁寒,然后知松柏之后凋也。""知之者不如好之者,好之者不如乐之者。""吾日三省吾身:为人谋而不忠乎? 与朋友交而不信乎? 传不习乎? "这些都是人们耳熟能详的句子,但它们在历史的风沙洗礼下,仍然像钻石一样,闪耀着智慧的光芒。

如果把人生比作一次孤寂的航行,那么读书就是推动帆船前进的季风。在海上掀起波浪,把疲惫的航船推向胜利的彼岸,在一个又一个浪头中,人的才干也一点点增长着。

读泰戈尔的《飞鸟集》,我学会了品味生活中的真善美;读《钢铁是怎样炼成的》,我学会了坚强;读《昆虫记》,我了解了自然的许多奥秘……读书,还教会我很多很多。

"以铜为镜,可以正衣冠,以人为镜,可以知得失,以史为镜,可以知兴替。"以书为镜,我看到了人们飞翔的灵魂。

一年一年,在书中,在这悠悠墨香中,在这盛世繁花中,我一点点地成长。

人生若只如初见

人生若只如初见，何事西风悲画扇。等闲变却故人心，却道故人心易变。

骊山雨罢清宵半，夜雨霖铃终不怨。何如薄幸锦衣儿，比翼连枝当自愿。

——清·纳兰容若《木兰花·拟古决绝词》

写下这个题目后，突然不知该再写些什么，心中如有万千语句，却不知从何说起。

"人生若只如初见。"有太多人喜欢纳兰容若的这一句话。只是淡淡的一句话，却令其余诗词为之黯然失色。后面的"何事西风悲画扇。等闲变却故人心，却道故人心易变。骊山雨罢清宵半，夜雨霖铃终不怨。何如薄幸锦衣儿，比翼连枝当自愿。"七句倒成了点缀，只为迎合"木兰花"这个词牌而存在。

从上阕的班婕妤（jié yú）说到下阕的杨贵妃，从大汉王朝走到李唐盛世,所有的一切一切,只为了证明开头那一句——"人生若只如初见。"

是啊,如果,人生若只如初见,宝黛相会便各自转身,不用再滴尽相思血泪抛红豆;梁山泊的英雄好汉只会去劫生辰纲这样的不义之财,不用再图什么朝廷"招安";刘关张"桃园结义"便各个错过,任凭曹操逐鹿天下……不会遗憾,不会后悔,因为我们只是路人。

一切都停留在那个美好的开端,不再前进。

可是,我们只是如初见,这样就真的好吗?固然,我们不会伤心,不会失望,不会懊悔,每个人彼此永远是路人,似浮萍一般,被微风一吹,就在记忆的池塘里渐行渐远,无法寻回。

若,人生若只如初见,我们彼此见到会礼貌而淡漠地点头问好,然后向自己的方向走去。没有爱,也没有恨,一切淡漠如水。

不会有"醉笑陪公三万场,不用诉离觞",因为我们只是初见,远没有那么熟识,不会有"心中念故人,泪堕不能止",因为你在我脑海中只是个淡淡的身影。不会有"取次花丛懒回顾,半缘修道半缘君",请原谅,初见留下的印象,真的很浅很浅。更不会有"与君初相识,犹如故人归",因为我,没有什么故人……

或许有些人,我不希望只保持初见。我希望我们能不断地交往,这会让你我都有记忆。若人生若知只如初见,再见时,我们依然是寂寥的。

在漫漫长夜里能够暖身的,除了记忆,还有什么呢?

不要对我说:"等闲变却故人心,却道故人心易变",爱也好,恨也好,都是我生命中不可缺的一部分,都是我难以忘怀的记忆。

人生百年,何其短暂!如果这一百年,一点记忆,一个朋友都没有,又会是怎样的一番情景!我们要相互依靠,才能组成"人"这个字,才能对得起"人"这个字!

我才不要,人生若只如初见。

寻觅春天的颜色

　　三月，又是桃红柳绿、春暖花开的时节。在沾衣欲湿的杏花雨中，在吹面不寒的杨柳风中，我始终在寻觅，寻觅春天的足迹，寻觅春天的颜色。

绿·依依嫋嫋复青青

　　我始终坚信，如果春天应有一个代表色的话，那么这个颜色应该是绿色。草长莺飞二月天，小草开始发芽，为土地染上点点绿星。杨柳在沉寂了一个冬天的枝条上，冒出点点璀璨。而早已解冻的河水，也已"绿如蓝"。

　　依依嫋嫋复青青，勾引春风无限情。

　　春天的颜色，是绿色的。它有着绿的温柔，也有着春的另一个特性——生机勃勃。

春天,是绿色的、生机勃勃的季节。

透明·细雨湿衣看不见

春天是透明无色的。春天的颜色,就是拂过柳梢的第一缕春风的颜色,就是落在迎春花上的第一滴春雨的颜色,无色、透明,但澄澈、温柔。

细雨湿衣看不见,闲花落地听无声。

春风、春雨,向来都是温柔无比,不同于"秋风秋雨愁煞人"的肃杀。春季的风和雨,都是人们所喜爱的。微风吹过,没有带来丝毫的寒意,却带来了几丝花的芳香。湛蓝的天空下,几只风筝飘飘荡荡,与白云嬉戏……

儿童散学归来早,忙趁东风放纸鸢。

而春雨,就更美丽了。透明的雨如丝丝银线,降落到地上,奏出动听的乐章,引发了人们的无限遐想。难怪陆游会写出"小楼昨夜听春雨,深巷明朝卖杏花"的优美诗句!

春天的颜色,是无色透明的。

春天,是透明、澄澈、无瑕的季节。

彩·乱花渐欲迷人眼

说春天是多彩的,恐怕无人能否认吧!暖风带来春天的消息后,各种花次第开放。迎春花金黄、玉兰洁白、桃花粉红似霞、杏花洁白如雪……一朵朵不同的花,把春天装扮得五彩斑斓。

乱花渐欲迷人眼,浅草才能没马蹄。

春天的颜色，是绚丽多彩的。

春天，是多彩的、热闹的季节。

一刻又一刻，一天又一天，我始终在寻觅——寻觅春天的颜色，寻觅这个美丽春天的一点一滴。

一路风景

生活中不是缺少美，而是缺少发现美的眼睛。

——题记

打开电脑，常看到有人抱怨："这个世界太丑陋了"、"这个世界太枯燥了。"每当看到这些牢骚，我都会停下手中的工作，静静地思考一个问题——

生活中，真的缺少美吗？

思考着这个问题，我穿过一条条道路，不知不觉中，我发现我踏过了夏天的足迹：陌上之花正开得烂漫，抬眼望去，只见一片姹紫嫣红。一阵芬芳袭来，我仿佛沉浸在花海里。傍晚，行走在绿荫下，微风吹来，只觉得暗香盈袖。听着树叶"沙沙"地吟唱声,看见地上树影斑驳,是真的"心旷神怡,荣辱皆忘"了。

走过夏日,我看到了风景之美。

进入校园,在道边的绿树旁,常可以看到一些学长心无二用地背书,吸取各种知识,还听见一位学姐正在背一首小诗:"我打江南走过,那等在季节里的容颜如莲花开落。"隐隐约约传来足球比赛的声音,加油声和喝彩声此起彼伏……

走过校园,我找到了青春之美、文学之美。

也许你会说,有一个地方是缺少美的,让我们来到四川灾区。在这儿,只见一片断壁残垣。即使是对着风景秀丽的峨眉山、九寨沟,也不会笑吟"掬水月在手,弄花香满衣",而是"满目肃然,感极而悲"了。

可是,这个地方,真是没有美吗?

未必!让我们仔细倾听风中传来的一件件感人事迹:老师谭千秋在地震来临时,用自己的生命护住了四个学生;一位母亲已被压成弓形,但她僵硬的躯体仍为孩子撑起一片安全的天空,只留下一段话:孩子,如果你能幸免于难,一定要记住:妈妈爱你;让我们再去看那些施救人员,他们夜以继日地营救被困人们,当一个人被安全救出后,他们疲惫的脸上露出了会心的笑容……

谁能说,这不是美!这是生命之美,它的美好和灿烂,是其他美都无法比拟的……

拥有一双发现美的慧眼,走过美丽经过的地方,我们看到——

一路风景,一路美丽。

我的文学情缘

一直很喜欢郭敬明忧伤的文字。读他的《幻城》时我感动得死去活来。感动之后就只想再看一遍,然后呆呆地想自己什么时候才能写出这么好的文章。

我喜欢听着音乐看书,很小资的感觉。妈妈说我有时候的表现像个大人,连写的文章有时也像大人写的。我用一句很老套的话回答她,说我是十二岁的皮下有颗六十岁的心。

我的作文一直是数一数二的,小学的老师说我积攒的好词佳句满得都要溢出来了。我笑笑,不置可否,依旧写着"像大人写的"文章。

我可以说是比较喜欢写作文的吧。边看边写,别人用来玩的时间,在我这儿几乎全用到了看书和写作文上。不知何时,自己的文章也沾染上了郭敬明和那些八十年代后出生的青年作家的风格,带着些许忧伤,带着点儿青春期特有的叛逆气息,让妈妈这些中年人看得有些迷惑。

我的思维天马行空,无拘无束。看到蛾子围绕着路灯转,可以让我写出《银星满天》;看着风筝自由地飞,可以让我写出《悠悠我心》……

都是几千字的好文章。

性格内向的我一直不喜欢玩耍，怕被别人说成文学天才游戏白痴。但这并不代表我没有小朋友天真的梦想。在我那颗"六十岁"的心里，依然存在着一些儿时幼稚的梦。我把它们变成一个个文字保存下来，供我闲暇时聊以自慰。

我觉得自己并不完美，但"江山易改，本性难移"，要想改正我身上所有的缺点并不是一件容易的事。于是我假想出 N 个完美的主人公，再根据他们的性格把他们分配到各个故事里面，也算创造出了一个个较为完美的自己了吧！

大约从我很小很小，小到连幼儿园也没上的时候，我就莫名其妙地希望自己生活在古代。在一个青山绿水环绕下的小木屋里，我一身白衣胜雪，手里的剑微微一动，整个人已跃起，在竹林里穿梭。当你凝神细看时，我已回到了原地，一切几乎与刚才无异，只有竹子的叶子不停地抖落下来……我微微一笑，回到屋里，走到古琴前，抬手，一曲婉转的《春江花月夜》潺潺流去。一曲终了，我又来到书桌旁，眉头一皱，手中的笔却早已动了起来……又一首令后人传诵的名诗诞生了！

是的，这就是我童年的梦想——当一位古代的侠女或李清照那样的才女。现在想来，非但不觉得可笑，而且将它视若珍宝藏在自己的心底深处。常常，我会把它拿出来仔细地翻阅，很多好文章因此而生。

现在，我带着自己的文学情缘上了初中。但我仍然会像在小学里一样，在写完作业后坐到桌前，一抬笔，勾勒出一个个属于我自己，也属于文学的华丽篇章……

亲情

什么是亲情？

子女生病了，父母在床前嘘寒问暖，这是亲情。

刮风下雨了，父母尽管自己也穿得很单薄，但仍脱下外套给子女穿上，这是亲情。

孩子获得了成功，父母为之喜极而泣，这也是亲情。

那么，以下这些算不算亲情呢？

父母催促孩子去学习，一日接一日，从不间断。

父母为孩子报各种补习班，毫不在乎孩子想要玩耍的心情。

父母让孩子自己找新的教室，自己买东西，毫不留情地把孩子推出自己的庇护下……

如果你问我这个问题，我会毫不犹豫地回答你：是！

是的，这些，都是亲情。

不知你们有没有听过这样一个故事：小鹰长大了，在还没学会飞翔的时候，它的妈妈就会把它带到悬崖峭壁上，无视小鹰的尖叫与哀求，把它推下去。

为了不被摔死，小鹰只好拼命地扇动翅膀，但幼嫩的双翅，怎能带动自己？可是，就在小鹰快要掉到地上的千钧一发的时刻，鹰妈妈就会把它救起，然后再次摔下去……

在我们看来，这或许有些残忍，可是，历经了一次次磨炼后，小鹰就能张开自己的翅膀翱翔于九天之上了。

这时，谁能说它不感激自己的母亲呢？

诚然，父母对孩子的关爱，确实是亲情的表现，可是谁又能说父母的严厉与无情不是亲情！那是父母望子成龙、望女成凤的一颗心啊！

面对源自父母的压力，我们或许会抱怨、会反抗。可是，当我们静下心来想一想时，我们就会体会到，父母的严厉后面，又何尝不是慈爱？又何尝不是亲情？父母，是为了孩子的将来着想。

经过了风雨的洗礼，才能见到美丽的彩虹；经过了严酷的训练，才能笑傲苍穹！父母是深知这一点的。于是，为了让我们将来拥有美好的生活，他们让我们学习各种知识，锤炼各种本领，磨炼我们的意志，这怎么就不是亲情呢？这怎么就不是父母对子女的爱呢？可是，幼小的我们却不了解这一切，只会像悬崖边的小鹰一样，一味地抱怨自己的父母，哀叹自己没有得到应有的关爱。

可是，当我们生病的时候，又何尝没看见父母担忧的眼神？

当我们遇到挫折时，又何尝没发现父母脸上的焦虑？

当我们伤心、生气时，又何尝没听到父母的劝导？

请不要抱怨父母太严厉，不要抱怨自己拥有的亲情不够多。其实，在父母的身上到处都洋溢着亲情——就在那一举手、一投足间。